AF568000

Karl Olsberg

Galactic Gamers · Der Quantenkristall

Bisher von Karl Olsberg im Loewe Verlag erschienen:

Boy in a White Room
Girl in a Strange Land
Boy in a Dead End

Das Dorf – Gestrandet auf der Smaragdinsel
Das Dorf – Gefahr im Nether
Das Dorf – Gefangen im Dschungel

Galactic Gamers – Der Quantenkristall
Galactic Gamers – Mission: Asteroid
Galactic Gamers – Der Portalschlüssel
Galactic Gamers – Planet in Gefahr

Karl Olsberg

Band 1

Mit Illustrationen von Kaja Reinki
und Ron Lipkowski

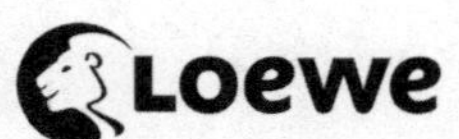

Das Universum ist ein ziemlich großer Ort.
Wenn es nur uns gäbe,
wäre das eine gewaltige Platzverschwendung.

Carl Sagan

ISBN 978-3-7432-0582-6
3. Auflage 2022

Umschlag- und Innenillustrationen: Kaja Reinki und Ron Lipkowski
Umschlaggestaltung: Michael Dietrich
Redaktion: Sarah Braun
Printed in the EU

www.loewe-verlag.de

Inhalt

Das Leben ist kein Spiel

Felix späht vorsichtig über die Kante der flachen Mauer, die das Dach des riesigen Hangars umgibt. Vor ihm gähnt ein Abgrund, gut fünf Meter breit und mindestens fünfzig Meter tief. Mit einem Jetpack wäre das kein Problem, doch er hat keins dabei. Er ist allein auf seine eigene Kraft und Geschicklichkeit angewiesen.

Auf der anderen Seite befindet sich das Dach der Kommandozentrale des Imperiums. Sein Ziel ist eine Luke, die ins Innere führt. Dort muss er den

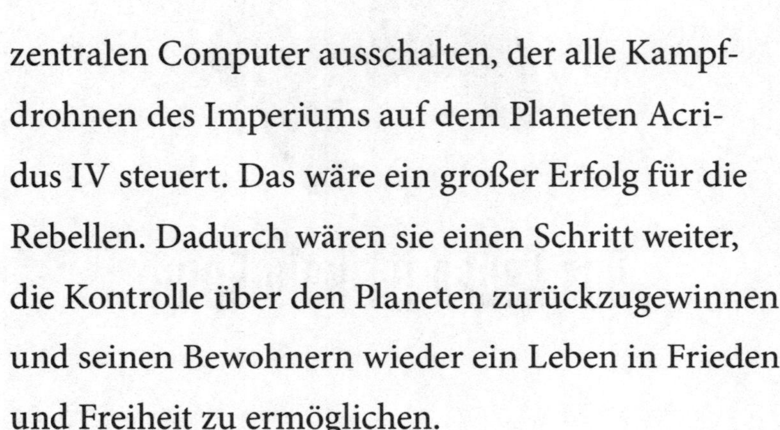

zentralen Computer ausschalten, der alle Kampfdrohnen des Imperiums auf dem Planeten Acridus IV steuert. Das wäre ein großer Erfolg für die Rebellen. Dadurch wären sie einen Schritt weiter, die Kontrolle über den Planeten zurückzugewinnen und seinen Bewohnern wieder ein Leben in Frieden und Freiheit zu ermöglichen.

Er wirft einen Blick zum Himmel. Das fahle blassgrüne Licht zweier Monde scheint zwischen den Wolken hindurch. Keine feindlichen Drohnen in Sicht. So weit, so gut.

Felix geht ein paar Meter zurück, atmet tief durch, nimmt Anlauf und sprintet auf die Dachkante zu. Er springt auf die Mauer, stößt sich im perfekten Moment ab und wirft sich nach vorn. Trotzdem reicht es nicht ganz. Er kracht gegen die Wand des anderen

Gebäudes. Verzweifelt versucht er, sich an der Dachkante festzuhalten, doch er rutscht ab.

Zum Glück bekommt er eine Stachelranke zu fassen, die an der Mauer emporgewachsen ist. Zwar kann er auf diese Weise einen tödlichen Sturz in die Tiefe verhindern, aber Stachelranken mögen es nicht besonders, wenn man an ihnen herumklettert. Ein Zittern geht durch die violetten, herzförmigen Blätter. Mehrere Auswüchse des Klettergewächses lösen sich von der Mauer und greifen nach Felix wie Fangarme.

Geschickt weicht er den Pflanzen aus und klettert blitzschnell nach oben. Es gelingt ihm, die Dachkante zu erreichen, doch bevor er sich darüber ziehen kann, umschlingt einer der stachligen Arme seinen linken Fuß. Die Ranke zerrt daran und droht, Felix in den Abgrund zu reißen.

Rasch greift er mit der rechten Hand nach seiner Laserpistole, während er sich mit der linken an die Kante klammert. Mit einem gezielten Schuss geht der Arm der Ranke in Flammen auf. Ein Zischen erklingt, als schreie das Pflanzenwesen vor Schmerz. Die Umklammerung um Felix' Stiefel löst sich und er kann sich über die Dachkante ziehen.

Doch die brennende Ranke hat die Aufmerksamkeit des imperialen Sicherheitssystems auf sich gezogen. Mehrere Drohnen schweben heran. Als sie Felix mit ihren Sensoren erspähen, feuern sie ohne Warnung.

Im Zickzack sprintet er über das Dach, macht einen Salto und schafft es so, den tödlichen Strahlen der Drohnen auszuweichen. Er hechtet in den Schutz eines Mauervorsprungs, hinter dem die Luke in das Dach eingelassen ist. Vorerst ist er aus dem Schussfeld der Drohnen, doch sie kommen rasch näher. Ihm bleiben nur Sekunden.

Auf der Luke ist ein Drehrad mit 16 Symbolen zu sehen. Vier dieser Symbole muss man in der richtigen Reihenfolge auf einen Zeiger drehen, um den Verschluss zu öffnen. Macht man dabei einen Fehler, ist die Luke minutenlang blockiert. Felix hat nur einen einzigen Versuch, bevor die Drohnen ihn erreichen.

Hastig holt er den Decoder hervor, den ihm der Rebellenführer gegeben hat, und hält ihn über das Drehrad. Das erste Symbol erscheint im Display des Decoders. Mit vor Aufregung zitternden

Fingern dreht er das Rad so, dass das Symbol neben dem Zeiger liegt, und drückt einen Knopf. Ein leises Klicken ertönt und das zweite Symbol erscheint im Decoder. Rasch stellt er auch dieses ein, dann das dritte.

Als er das Rad gerade auf das vierte und letzte Symbol des Codes drehen will, erklingt hinter ihm eine Stimme: »Felix, was machst du denn da? Wieso bist du noch nicht auf dem Weg zur Schule?«

Erschrocken zuckt er zusammen und verreißt den Controller, sodass das falsche Symbol eingestellt ist, als er den Action-Button ein weiteres Mal drückt. Ein Alarmsignal ertönt und der Öffnungsmechanismus der Luke ist gesperrt. Im nächsten Moment taucht eine der imperialen Drohnen auf. Laserstrahlen zucken über den Bildschirm.

Game over.

Felix stöhnt auf. Jetzt muss er das ganze Level

noch mal von vorn durchspielen! Dabei hätte er höchstens noch zwei Sekunden gebraucht, um den Code zu knacken und den Savepoint zu erreichen.

»Du spielst doch nicht etwa schon wieder?«, fragt seine Mutter, die in der Tür zu seinem Zimmer steht.

»Ich … ich wollte sowieso gerade ausmachen …«, stammelt Felix.

»Ich habe dir schon hundertmal gesagt, dass die Spielkonsole vor der Schule ausbleibt!«, schimpft sie. »Und jetzt mach, dass du loskommst! Du bist spät dran und ich muss zur Arbeit!«

Genervt zieht Felix seine Regenjacke an, streift sich den Rucksack über, lässt sich von seiner

Mutter widerwillig einen Abschiedskuss geben und macht sich auf den Weg.

Je näher er dem Schulgebäude kommt, das etwa zehn Gehminuten von seiner Wohnung entfernt liegt, desto schwerer werden seine Schritte. Er versucht, nicht daran zu denken, was gleich wieder passieren wird.

Warum bloß hat er solche Angst? Er hat in *Minecraft* den Enderdrachen besiegt, als Link in *The Legend of Zelda* das Monster Ganon in Schloss Hyrule vernichtet und ist trotz der Niederlage vorhin auf einem guten Wege, auch das Imperium in *Rebels of the Stars* zurückzuschlagen. Warum ist er immer nur in Computerspielen so mutig, aber nie in der Wirklichkeit?

Das Leben ist leider kein Spiel. Es gibt keine Laserpistolen, keinen Levelaufstieg und keine Savepoints. Und natürlich kann er in Wirklichkeit auch keinen Salto, geschweige denn fünf Meter weit springen. Er ist kein Mitglied einer coolen Rebellengruppe und hat auch sonst kaum Freunde.

Stattdessen erwarten ihn nun langweiliger Schulunterricht, ekliges Schulessen, qualvolle Sportstunden und der fiese Mike.

Niemand sonst nennt den fiesen Mike so und natürlich würde es auch Felix niemals wagen, ihm das ins Gesicht zu sagen. Für die anderen ist er einfach »Mike«. Aber zu den anderen ist er ja auch nicht fies.

Felix holt tief Luft und geht durch das Tor. Er richtet den Blick starr auf den Eingang des Hauptgebäudes, wo sich im zweiten Stock sein Klassenraum befindet. Vielleicht bemerkt ihn der fiese Mike ja diesmal gar nicht.

»Hey, guckt mal, Leute, das Warzenschwein da! Das muss aus dem Zoo ausgebrochen sein«, hört

Felix eine vertraute Stimme, woraufhin sofort Gelächter folgt.

Bloß nicht stehen bleiben oder gar in die Richtung schauen, aus der die Stimme kam.

»Ach nein, ich hab mich getäuscht. Das ist gar kein Warzenschwein. Das ist bloß Krümel.«

Felix zuckt zusammen, als der verhasste Spitzname fällt. Er heißt Krume mit Nachnamen und natürlich lässt sich der fiese Mike keine Gelegenheit entgehen, ihn damit aufzuziehen. Dauernd macht er Witze darüber, dass Felix dick ist, und behauptet, er krümele immer alles voll. Aber es bringt natürlich gar nichts zu widersprechen. Je mehr man sich wehrt, desto schlimmer wird es.

Wenn es nur Mike wäre, der sich über ihn lustig macht, wäre es vielleicht nicht so schlimm. Felix könnte sich dann damit trösten, dass er in allen Schulfächern besser ist als Mike, der ihn um einen

halben Kopf überragt – außer natürlich in Sport. Aber jedes Mal, wenn Mike einen fiesen Spruch macht, lachen auch alle anderen. Das ist fast so schlimm, als würden sie ihm ins Gesicht schlagen.

Mit hochrotem Kopf betritt er das Schulgebäude. Zum Glück ist Frau Krüger, die Mathe unterrichtet, immer pünktlich.

Während des Unterrichts fühlt sich Felix einigermaßen sicher. Mathe macht ihm keinen besonderen Spaß, aber es fällt ihm auch nicht schwer, der Lehrerin zu folgen und die Aufgaben zu lösen – ganz im Gegensatz zu Mike. Doch dafür bewundern Felix' Mitschüler ihn keineswegs – im Gegenteil: Sie halten ihn für einen Streber.

In der großen Pause gelingt es Felix, seinem Erzfeind aus dem Weg zu gehen. Das schafft er meistens, indem er einfach im Klassenraum bleibt oder sich auf dem Klo einschließt und dort ein

Buch liest. Am liebsten mag er Science-Fiction-Romane, in denen Weltraumpiloten ferne Galaxien erforschen und sich mit unbekannten Gefahren auseinandersetzen müssen.

Er weiß natürlich, dass die Geschichten ziemlich unrealistisch sind: Allein die Reise zum nächsten Stern würde in Wirklichkeit Jahrzehnte dauern, selbst wenn man ein Raumschiff hätte, das nahezu auf Lichtgeschwindigkeit beschleunigen kann. Aber das ist egal, man kann in diese Geschichten gut eintauchen und für eine Weile die öde Realität vergessen wie auch bei einem der vielen Games zu Hause, die er auf seiner Konsole spielt.

Das ist einer der wenigen Vorteile, wenn man der einzige Sohn einer alleinerziehenden Mutter ist, die oft lange arbeiten muss: Man kann Computerspiele zocken, so viel man will. Allerdings muss man zuvor erst noch die Schule überleben.

In der Mittagspause stellt sich Felix mit einem Tablett in die Schlange der Schüler und lässt sich von der mürrisch dreinblickenden Mitarbeiterin an der Essensausgabe eine graubraune Pampe auf den Teller schaufeln, in der rote und grüne Stückchen stecken. Das Zeug sieht aus wie die Gehirnmasse eines zerquetschten Zombies.

»Was ist das denn?«, fragt er.

»Labskaus, steht doch da«, erwidert die unfreundliche Frau und weist auf ein Pappschild.

»Und was ist das, Labskaus?«

»Probier es einfach. Wenn du es nicht magst, lass es stehen, ist mir egal. Und jetzt versperr hier nicht den Weg und geh weiter!«

Felix nimmt sich eine Banane als Nachtisch und Kakao in einer kleinen Pappverpackung (wenigstens etwas, das ihm schmeckt) und geht zur Kasse. Die meisten Tische sind schon voll besetzt. Nur an einem Tisch hinten in der Ecke sind noch zwei Plätze frei. Dort sitzen ein paar ältere Schüler aus der neunten Klasse. Als er sich dem Tisch nähert, gucken sie Felix an, als sei er ein Außerirdischer.

»Ist hier noch frei?«, fragt er höflich.

»Nee, da sitzt ein Unsichtbarer!«, behauptet ein langer Junge mit krausem braunem Haar. Die anderen lachen.

Felix zögert. Er weiß nicht so recht, was er mit der Antwort anfangen soll – will ihm der Typ sagen, dass er verschwinden soll, oder war das bloß lustig gemeint? Schließlich nimmt er all seinen Mut zusammen und setzt sich hin. Zum Glück interessieren die Großen sich nicht weiter für ihn, sodass er in Ruhe die graue Pampe in sich reinschaufeln kann. Sie schmeckt immerhin besser, als sie aussieht – nach Kartoffeln und weich gekochtem Fleisch.

»Entschuldigung, ist hier noch frei?«

Felix blickt überrascht auf. Ein Mädchen steht mit einem Tablett vor ihm. Sie hat braune Haut, glänzendes schwarzes Haar und dunkle Augen. Sie muss neu in der Schule sein, sonst würde sie sich ganz bestimmt nicht zu ihm setzen.

Er versucht ein aufmunterndes Lächeln, aus dem wohl eher ein schiefes Grinsen wird.

»Ja. Da saß vorhin ein Unsichtbarer, aber der ist gegangen.«

Das Mädchen zieht verwirrt eine Augenbraue hoch. Offenbar hat sie den Witz nicht verstanden. Kein Wunder, der war ja auch wirklich nicht gut. Felix läuft rot an.

»Ich bin Dilara«, stellt sich das Mädchen vor.

»Ich heiße Felix. Du bist neu hier, oder?«

»Ja. Wir sind aus Mannheim hergezogen. Heute ist mein erster Tag.«

In diesem Moment räumen die Großen ihre Plätze. Felix, der Richtung Wand schaut, bemerkt erst, wer sich auf die frei gewordenen Stühle setzt, als es für eine Flucht bereits zu spät ist.

»Na, sieh mal einer an, das Warzenschwein!«, ätzt der fiese Mike. »Hast du auf deinen Teller gekotzt, Krümel?«

Drei seiner Freunde sind bei ihm. Alle lachen.

Felix blickt auf seinen Teller. Irgendwie ist es jetzt, da Dilara ihm gegenübersitzt, noch schlimmer, so gedemütigt zu werden.

»Und wer bist du?«, fragt Mike die Neue. »Warum hast du dich denn ausgerechnet zu diesem Dicken gesetzt? Da vergeht einem doch der Appetit, wenn man dem beim Essen zusieht!«

Weil kein anderer Platz mehr frei war, ist die Antwort, die Felix erwartet.

Doch Dilara sagt stattdessen: »Felix war nett

zu mir. Und das Essen auf deinem Teller sieht für mich auch nicht viel besser aus als das auf seinem.«

Die anderen am Tisch lachen, was Felix nur umso mehr wünschen lässt, er wäre auf einem anderen Planeten. Der fiese Mike hasst nichts mehr, als wenn sich jemand über ihn lustig macht.

Nach dieser unerwarteten Wendung konzentriert sich Mike auf sein Essen und macht keine weiteren blöden Sprüche. Felix leert seinen Teller so schnell wie möglich, während Dilara lustlos in ihrer Kartoffelpampe herumstochert.

»Esst ihr hier immer so was?«, fragt sie.

»Nein, manchmal gibt es auch Spaghetti bolognese oder Würstchen mit Pommes.«

»Ich glaube, ich habe keinen Appetit mehr«, sagt Dilara und steht auf.

Felix erhebt sich ebenfalls und zeigt ihr, wo die Geschirrrückgabe ist.

»Soll ich dich noch ein bisschen durch die Schule führen, damit du weißt, wo alles ist?«, bietet er an.

»Ja, das wäre nett.«

Also nutzt Felix den Rest der Mittagspause, um Dilara das Lehrerzimmer und das Sekretariat zu zeigen, das Schwarze Brett, die Sporthalle und den kleinen, verwilderten Garten hinter dem Hauptgebäude mit der alten Steinstatue, in den er sich manchmal zurückzieht, um ungestört zu sein. Es ist ein tolles Gefühl, einmal nicht der Junge zu sein, über den alle lachen. Außerdem ist Dilara sehr nett, und wenn sie beim Lächeln ihre schneeweißen Zähne zeigt, spürt Felix ein warmes Kribbeln im Bauch. Er will lieber gar nicht darüber nachdenken, was das bedeutet …

Sonst hat er das Ende der Mittagspause immer herbeigesehnt, um sich in die Sicherheit des Klassenzimmers flüchten zu können, doch heute erklingt die Schulglocke viel zu früh. Sie eilen ins Gebäude.

»Danke, dass du mir alles gezeigt hast, Felix«, sagt Dilara und schenkt ihm noch einmal ein breites Lächeln.

Er muss schlucken. »Kein Problem«, bringt er heraus.

Dann geht er in seinen Klassenraum, während Dilara durch die Tür in die Parallelklasse schräg gegenüber verschwindet.

Rückwärts

Nachmittags haben sie eine Doppelstunde Deutsch – ein todlangweiliges Fach. Danach versteckt Felix sich nicht wie sonst auf der Toilette, sondern geht mit den anderen hinaus auf den Pausenhof. Dort hält er Ausschau nach Dilara. Vielleicht hat sie ja noch weitere Fragen …

Tatsächlich entdeckt er sie am Rand des Schulhofs. Felix' Herz sinkt, als er sieht, wer bei ihr ist: der fiese Mike und seine Gang!

Jetzt wäre es das Klügste, einfach in eine andere

Richtung zu schauen. Doch stattdessen starrt Felix weiter Dilara an und in diesem Moment dreht sie ihren Kopf und blickt zu ihm. Ihr Gesicht wirkt verwirrt und ängstlich. Gelächter erklingt und Felix rutscht der Magen in die Kniekehlen, als er begreift, dass der fiese Mike gerade einen Witz auf Dilaras Kosten gemacht hat.

Ignoriere ihn einfach, du kannst sowieso nichts tun, flüstert ihm seine Vernunft zu. *Der fiese Mike ist eben der fiese Mike. Dilara wird schon noch lernen, ihm aus dem Weg zu gehen.*

Doch gleichzeitig spürt er Wut in sich aufkeimen. Ehe Felix so richtig weiß, was er tut, marschiert er auf Dilara und Mike zu.

»Reitet ihr da, wo du herkommst, eigentlich mit Kamelen zur Schule oder gibt es da schon Autos?«, fragt Mike gerade.

Dilaras Augen verengen sich vor Zorn.

»Ich komme aus Mannheim, du Blödmann«, sagt sie. »Da wurde das Auto erfunden!«

»Niemand nennt mich Blödmann!«, brüllt Mike. Er schubst Dilara grob, sodass sie zurücktaumelt und beinahe hinfällt.

Dilara treten Tränen in die Augen. Felix kann sehen, dass ihr eine zornige Erwiderung auf der Zunge liegt. Sie weiß noch nicht, wie gemein Mike sein kann. Wenn sie jetzt nicht klein beigibt, wird er sie den Rest des Schuljahrs bei jeder Gelegenheit quälen. Er wird hinter ihrem Rücken über sie lästern, bis sie keiner mehr mag und sie genauso eine Einzelgängerin wird wie Felix.

Zwar gefällt ihm die Vorstellung, dass sie beide dann auf der gleichen Stufe stehen würden, doch gleichzeitig ist ihm klar, dass Dilara das nicht verdient hat. Er muss es irgendwie verhindern! Aber wie?

Das Einzige, was ihm einfällt, ist ein Ablenkungsmanöver.

»Hey, Mike!«, ruft er. »Wetten, ich kann schneller rückwärtslaufen als du?«

Mike dreht sich überrascht zu ihm um. Offenbar begreift er nicht, was los ist. Kein Wunder, normalerweise macht Felix einen großen Bogen um ihn.

»Was willst *du* denn, Krümel?«

Felix' Herz klopft bis zum Hals vor Aufregung, doch er schluckt seine Angst herunter. »Traust du dich etwa nicht, mit mir um die Wette zu laufen?«

Mikes Freunde scheinen die Idee spannend zu finden. »Au ja«, rufen sie, »Zeig's dem Warzenschwein!« und »Mach ihn fertig, Mike!«.

»Das ist doch lächerlich!«, sagt Mike. »Jeder weiß, dass ich schneller laufen kann als der Fettklops da!«

»Vorwärts vielleicht«, entgegnet Felix.

Wieder feuern Mikes Freunde ihn an, die Herausforderung anzunehmen.

»Na gut, von hier bis zum Schulgebäude«, sagt Mike. Dann zieht er wieder die Stirn kraus, als denke er angestrengt nach. »Warte mal. Was ist denn der Wetteinsatz?«

»Wetteinsatz?«, fragt Felix.

»Klar. Wenn wir um die Wette laufen, muss es auch um was gehen. Wie viel Geld hast du bei dir?«

Felix holt einen Euro und ein Fünfzigcentstück aus seiner Tasche. Das Geld ist noch von seinem Taschengeld diese Woche übrig. Er wollte sich davon auf dem Heimweg ein Schokocroissant kaufen. Daraus wird wohl nichts.

»Okay.« Mike greift in seine Tasche, zieht sein Portemonnaie hervor und nimmt eine Münze heraus. »Hier, ich setze zwanzig Cent dagegen.

Wenn du gewinnst, kriegst du die. Wenn ich gewinne, bekomme ich deine ein Euro fünfzig.«

Die anderen lachen und Mike grinst, weil er sich für besonders clever hält. Felix will protestieren, doch ihm wird klar, dass es egal ist, wie hoch Mikes Einsatz ist, weil der das Rennen sowieso gewinnen wird. Er ist der Klassenbeste in Sport und Felix ist noch nie zuvor rückwärts um die Wette gelaufen.

»Ich bin der Schiedsrichter«, sagt Ben, einer von Mikes Freunden.

Felix stellt sich neben Mike, den Rücken zum Schulgebäude.

»Achtung, fertig, los!«, ruft Ben.

Felix und Mike setzen sich in Bewegung. Es ist alles andere als leicht, schnell rückwärtszugehen, ohne zu stolpern. Felix' Gang ähnelt eher dem Watscheln einer Ente. Doch auch Mike hat offensichtlich Schwierigkeiten mit der ungewohnten Fortbewegungsart. Immer wieder stolpert er fast.

Ermutigt von dem unerwarteten Erfolg und beflügelt von Dilaras Blicken beschleunigt Felix seine Schritte. Tatsächlich schafft er es, einen kleinen Vorsprung herauszuholen. Doch dann stößt er plötzlich gegen ein Hindernis.

»Sag mal, was fällt dir ein?«, erklingt eine scharfe Stimme.

Erschrocken dreht sich Felix um. Vor ihm steht der strenge Schuldirektor, Herr Dr. Nielsen, den er angerempelt hat.

»Ich … wir … äh …«, stottert er.

»Es war Felix seine Idee«, petzt Mike. »Er sagte, er kann schneller rückwärtslaufen als ich.«

»Es war *Felix' Idee*«, korrigiert der Direktor. »Er sagte, er *könne* schneller rückwärtslaufen als ich.«

»Sag ich doch«, erwidert Mike, der offensichtlich nicht verstanden hat, dass der Direktor seine Grammatik verbessert hat.

»Mir ist egal, wer von euch die Idee hatte«, sagt der Direktor. »Es ist verboten, auf dem Schulhof in gefährlicher Weise herumzutoben, und dazu gehört auch Rückwärtslaufen. Ihr hättet jemanden ernsthaft verletzen können. Ihr beide schreibt mir bis morgen hundert Mal den Satz ›Ich darf in der Pause nicht rückwärtslaufen oder anderen Unsinn machen, weil ich damit mich und die anderen Schüler gefährde‹. Und zwar sauber und fehlerfrei, sonst gibt es Nachsitzen!«

»Ist ja wohl klar, wer das für uns beide schreibt, Krümel«, sagt der fiese Mike, nachdem der Direktor weitergegangen ist. »Und achte darauf, dass die Schrift der beiden Strafarbeiten nicht zu ähnlich ist. Ach ja, und jetzt her mit dem Geld!«

»Was für Geld?«, fragt Felix verdattert.

»Na, dein Wetteinsatz! Schließlich hab ich das Rennen gewonnen!«

»Aber … aber wir sind doch gar nicht …«, beginnt Felix, doch dann sieht er ein, dass Herumdiskutieren alles nur noch schlimmer macht. Also holt er das Geld heraus und drückt es dem fiesen Mike in die Hand.

»Und denk dran, schön ordentlich schreiben, und keine Fehler!«, sagt Mike und lacht. Seine Freunde stimmen mit ein.

Mit hochrotem Kopf kehrt Felix in seine Klasse zurück.

Als er nach der Schule nach Hause kommt, ist er wütend und hungrig. Im Kühlschrank findet sich nur ein schrumpeliger Apfel. Frustriert setzt er sich vor seine Playstation, um seinen Ärger an den imperialen Truppen auf Acridus IV auszulassen. Da fällt ihm die Strafarbeit wieder ein. Mama darf auf keinen Fall etwas davon erfahren, sonst macht sie wieder Stress oder, noch schlimmer, ruft die Mutter des fiesen Mike an. Das hat sie schon ein paarmal getan und Felix musste hinterher jedes Mal in der Schule dafür büßen. Also erledigt er die Strafarbeit besser jetzt gleich.

Nach einer Stunde und mehreren missglückten Versuchen hat es Felix endlich geschafft, den Satz hundert Mal fehlerfrei abzuschreiben. Gerade als er sich an die Playstation setzen will, fällt ihm ein, dass er auch noch die Strafarbeit für den fiesen Mike erledigen muss.

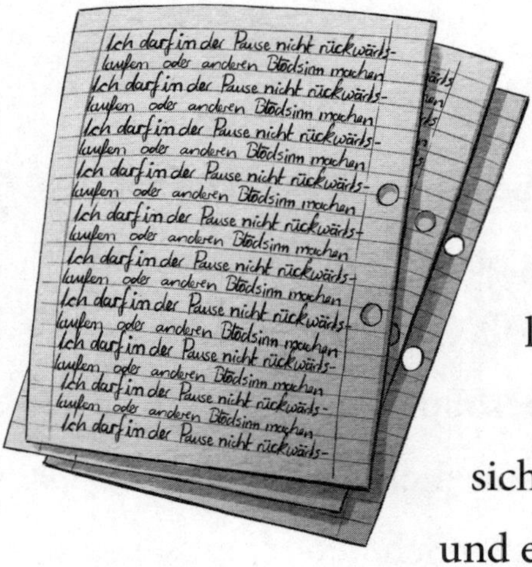

Seufzend nimmt er sich einen anderen Stift und ein neues Blatt, das er leicht schräg hinlegt, sodass die Schrift anders aussieht als seine eigene.

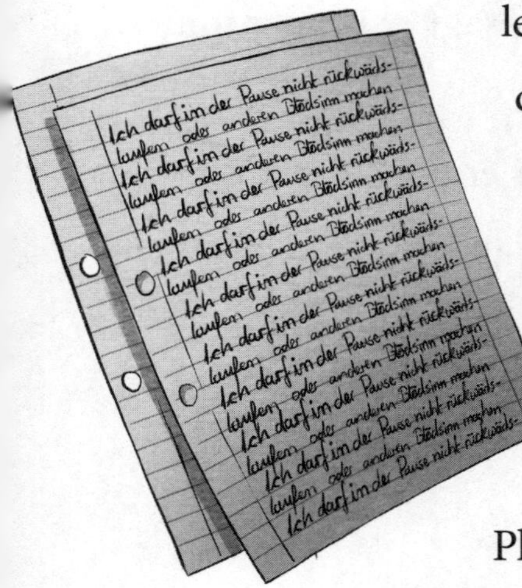

In dem Moment, als er die hundert Sätze zum zweiten Mal aufgeschrieben hat und die Playstation anwirft, um endlich ein bisschen Spaß zu haben, hört er den Schlüssel in der Wohnungstür. Ein erschrockener Blick auf die Uhr zeigt ihm, dass es schon fast sieben ist, Zeit fürs Abendbrot. Und er hat noch keine Sekunde spielen können!

»Hallo, mein Schatz«, begrüßt ihn Mama und gibt ihm einen Kuss.

Felix mag das nicht besonders, aber er sagt es ihr nicht, um ihre Gefühle nicht zu verletzen.

»Wie war dein Tag in der Schule?«, fragt sie.

»Geht so«, meint Felix. Das sagt er immer und es ist jedes Mal gelogen.

Nach dem Abendbrot muss er noch die normalen Hausaufgaben machen und danach ist Spielen nicht mehr erlaubt. Frustriert geht Felix schlafen.

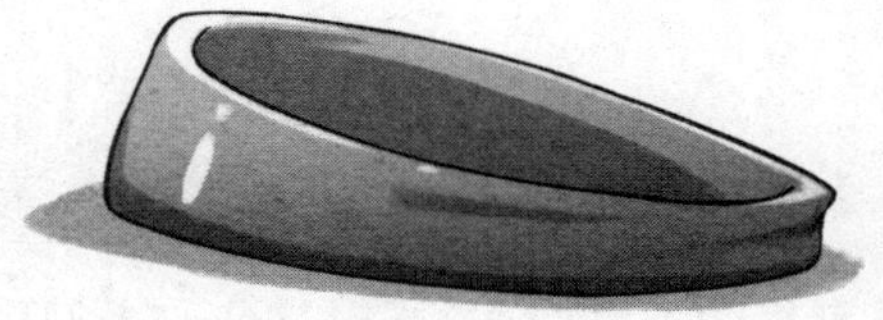

Ein ziemlich schräger Traum

Mitten in der Nacht schreckt Felix hoch. War da ein Geräusch? Er blinzelt verschlafen und sieht auf den Radiowecker: 2:12 Uhr. Als er sich gerade wieder auf die Seite drehen will, glaubt er, neben seinem Bett eine dunkle Gestalt zu erkennen. Er zuckt zusammen. Da ist jemand in seinem Zimmer! Felix tastet nach dem Schalter der Nachttischlampe, zögert jedoch. Auf einmal hat er

Angst davor, was er sieht, wenn er das Licht einschaltet.

»Mama?«, fragt er.

»Schnasu bong Umplum frupp Foffi!«, sagt die Gestalt, oder jedenfalls klingt es so ähnlich. Ihre Stimme hört sich seltsam an, wie das Quieken und Grunzen eines Schweins.

»Was?«, fragt Felix.

»Schnasu bong Umplum frupp Foffi!«

Felix nimmt seinen Mut zusammen und schaltet die Lampe an. Im nächsten Moment wünscht er sich, er hätte es nicht getan.

Ein Monster steht mitten in seinem Zimmer!

Es sieht aus wie einem Albtraum entsprungen, mit einem rundlichen rosa-grün gesprenkelten Körper, der auf zwei kleinen Säulenbeinen ruht, und vier tentakelartigen Armen. In der Mitte des eiförmigen Kopfes ist eine runde Nase mit zwei

Löchern zu erkennen, die an einen Schweinerüssel erinnert. Darüber trägt es eine Art goldenes Stirnband. Zwei kugelförmige Augen ragen auf Stielen oben aus dem Kopf heraus und mustern Felix. Anstelle von Ohren hat das Monster fächerartige Antennen, die es langsam hin- und herwedelt.

Felix will vor Angst um Hilfe schreien, doch dann wird ihm plötzlich klar, dass das, was er sieht, nicht die Wirklichkeit sein kann. Das hier muss ein Traum sein – wenn auch ein ziemlich seltsamer.

Kann man wissen, dass man träumt? Felix ist das noch nie zuvor passiert. Vielleicht war irgendwas mit der Lasagne nicht in Ordnung, die Mama zum Abendessen gemacht hat.

»Schnasu bong Umplum frupp Foffi!«, sagt das seltsame Wesen noch einmal. Es streckt einen seiner Tentakel in Felix' Richtung aus.

Jetzt erkennt er, dass am Ende des Tentakelarms ein goldenes, ringförmiges Band hängt, das ungefähr fünf Zentimeter breit ist.

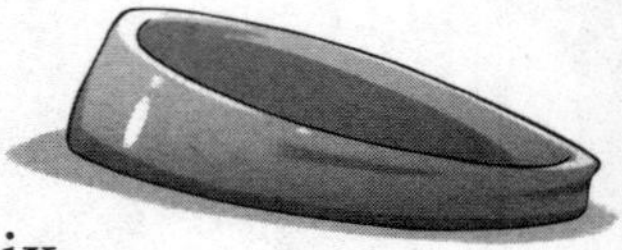

»Äh, ich glaube, ich würde jetzt gerne aufwachen«, meint Felix.

Doch das Tentakelschwein verschwindet nicht. Stattdessen schnauft es energisch: **»Schnasu bong Umplum frupp Foffi!«**

»Äh … na gut.« Felix nimmt das goldene Band und betrachtet es neugierig. Es scheint aus sehr leichtem, elastischem Stoff zu bestehen.

Das Tentakelschwein grunzt wieder und tippt sich mit einem Arm an den Kopf. Felix versteht, was es damit sagen will. Aber soll er der Anweisung folgen? Er zuckt mit den Schultern. Es ist ja bloß ein Traum, was kann schon passieren? Also legt er sich das Band um die Stirn. Es passt wie maßgeschneidert.

Augenblicklich erklingt die Stimme des Tentakelschweins: »Na endlich! Sind auf diesem Planeten alle so schwer von Begriff?«

»Äh, wer … oder was … bist du?«

»Ich bin **Bargelimopho Gbimbrl Zoffronkomotsch Bli Kwambfaffl** aus dem 37. Distrikt von Dosibar fünf. Du kannst mich Bargel nennen, wenn du willst.«

»Ich … ich bin Felix. Felix Krume.«

»Also gut. Dann komm, Felixfelixkrume.«

»Einmal Felix reicht.«

»Gut. Felix. Komm!«

»Wie jetzt? Wohin soll ich kommen?«

Bargels Kopf legt sich in Falten und seine Augen tanzen wie wild hin und her.

Was dieser seltsame Gesichtsausdruck bedeuten soll, erschließt sich Felix nicht.

»Ist dein Kommunikator kaputt, oder was?« Bargel tippt sich an die Stirn.

»Äh, nein, ich glaube nicht. Ich kann verstehen, was du sagst. Aber ich verstehe nicht, was du meinst.«

»Was gibt es denn an dem Wort ›komm‹ nicht zu verstehen? Ich hätte auch sagen können: ›Folge mir!‹, ›Bleib ganz dicht hinter mir!‹, ›Tritt in meine Hufstapfen!‹ oder ›Schwing deine seltsamen dürren Stelzen und komm mit!‹«

»Ja schon, aber wohin denn?«

Wieder tanzen die Augen auf dem Eierkopf herum. »*Wohin denn?* Echt jetzt?«

»Ja.«

»In die Arena natürlich oder was denkst du, wo die *Galactic Games* stattfinden? Nun mach schon! Die nächste Spielrunde fängt gleich an.«

Bargel macht eine Bewegung mit einem seiner Tentakel und plötzlich erscheint ein leuchtender Spalt mitten in Felix' Zimmer. Als Felix den Kopf ein bisschen zur Seite dreht, wird der Spalt breiter. Jetzt kann er sehen, dass es sich um eine Art Tür handelt, hinter der eine fremdartige Landschaft mit blauen Bäumen und einem viel zu großen grün-braun gestreiften Mond am Himmel zu liegen scheint.

»Also kommst du jetzt, oder was? Wir haben nicht ewig Zeit!«

Das hier ist definitiv der schrägste Traum, den Felix je hatte. Und er scheint nicht enden zu wollen. Ein bisschen unheimlich ist das schon.

»Äh, könntest du mir vielleicht noch sagen, was diese *Galactic Games* eigentlich sind?«

»Du weißt nicht, was die *Galactic Games* sind?«

»Nein.«

»Aber … aber du bist doch der beste Gamer eures Planeten? Oder spinnt mein Lokator schon wieder?«

»Ich … äh, ich spiele gerne, das schon … aber der beste … nein, ich fürchte, der bin ich ganz bestimmt nicht.«

»Aber du weißt schon, dass das Universum künstlich ist?«

»Du meinst, jemand hat es geschaffen? So wie Gott?«

»Nenn sie Götter, wenn du willst. Wir nennen sie die Schöpfer.«

Bargel zupft sich mit den Tentakeln an seinen Antennenohren, was wahrscheinlich ungefähr dasselbe ist, wie wenn sich Felix die Haare raufen würde.

»Womit habe ich das bloß verdient?«, jammert er. »Warum muss ausgerechnet *ich* auf dem hinterletzten Loser-Planeten landen, wo sie noch nicht mal wissen, dass es die Schöpfer gibt? Womöglich glauben die hier immer noch, dass sie die einzigen intelligenten Wesen in der Galaxis sind. Das … das glaubt ihr doch nicht wirklich, oder?«

»Äh, nein, natürlich nicht. Ich jedenfalls nicht.«

Bargel sagt einen Moment lang nichts. »Das … das heißt, ihr habt noch nie Kontakt mit anderen Zivilisationen gehabt?«, fragt er schließlich.

»Nein«, erwidert Felix verwirrt. Er ist sich auf einmal gar nicht mehr so sicher, ob das hier wirklich ein Traum ist. »Jedenfalls nicht, dass ich wüsste. Es gibt ein paar Gerüchte, dass damals in Roswell ein Ufo abgestürzt ist, aber …«

»Na toll!« Bargel wirft die Tentakel in die Luft, fast so, wie es ein Mensch mit seiner Hand machen würde, wenn er verzweifelt ist. »Dann habt ihr also auch noch nie an den *Galactic Games* teilgenommen. Das erklärt jedenfalls, warum der angeblich beste Gamer dieses lausigen Hinterwäldlerplaneten keine Ahnung davon hat. Was wiederum bedeutet, dass ich es hier mit dem blutigsten Anfänger der ganzen Galaxis zu tun habe!«

»Tut mir leid« ist alles, was Felix dazu einfällt.

Das Tentakelschwein stößt ein Geräusch aus, das verdächtig nach einem Seufzer klingt. »Heute scheint wohl mein Glückszyklus zu sein. Na egal, komm mit!«

Es stampft auf den leuchtenden Spalt zu, während es mit zweien seiner Tentakel lockende Bewegungen macht.

»Äh, Moment noch«, sagt Felix. »Diese *Galactic Games* … es ist doch nicht etwa gefährlich, daran teilzunehmen?«

Bargel sieht ihn einen Moment lang mit seinen Stielaugen an. Dann stößt er ein Schnauben aus, das Felix nach einer Weile als Lachen identifiziert.

»Gefährlich?«, grunzt er und schnaubt weiter. »Ob die *Galactic Games* gefährlich sind?« Endlich beruhigt er sich. »Natürlich sind sie gefährlich! Die *Galactic Games* sind das Gefährlichste, was es gibt! Wenn du gewinnst, bist du ein Held. Wenn du verlierst, bist du tot und dein Planet wird zerstört. So einfach ist das.«

»Moment mal … *was*? Mein Planet wird zerstört? Dieser Planet? Die Erde?«

»Ja klar! Was dachtest du denn? Ich habe dir doch schon gesagt, dass das Universum künstlich ist. Und was glaubst du, warum sich die Schöpfer die Mühe gemacht haben, so ein kompliziertes Universum zu bauen wie unseres, voller bewohnter Planeten?«

»Äh, warum denn?«

»Na, zum Spaß natürlich! Damit sie uns zusehen können, wie wir uns gegenseitig kaputthauen! Die finden das lustig. Sie zetteln sogar Kriege an, um sich zu amüsieren. Und weil es ihnen nicht schnell genug geht, bis wir unsere Zivilisationen gegenseitig zerstören, haben sie die *Galactic Games* eingeführt.«

»Aha. Okay. Verstehe. Tut mir leid, äh, Bargel, aber ich glaube, ich bin nicht der Richtige, um die Erde bei den *Galactic Games* zu vertreten. Es gibt da wesentlich bessere Gamer als mich. Gronkh oder ConCrafter zum Beispiel oder …«

»Zum haarigen Zwölfauge!«, schimpft Bargel. »Ich habe nicht die Zeit, auf diesem lausigen Planeten nach besseren Gamern zu suchen. Der Lokator hat mich nun mal zu dir geführt. Also kommst du jetzt mit oder soll dieser Planet lieber sofort zerstört werden?«

Felix muss schlucken. »Die … die Erde wird zerstört, wenn ich … nicht mitmache?«

»Fantastisch! Du hast es begriffen! Dann musst du wohl der intelligenteste Bewohner dieses unbedeutenden Planeten im abgelegensten Spiralarm der Galaxis sein.«

Auf einmal hat Felix einen eisigen Klumpen im Bauch, der sich noch viel schlimmer anfühlt, als wenn er morgens in die Schule geht. Soll er dem Tentakelschwein wirklich durch diesen Lichtspalt folgen? Soll ausgerechnet er die Erde bei den *Galactic Games* vertreten? Was, wenn er es vermasselt? In Computerspielen ist er ziemlich gut, auch wenn er sich niemals für den besten Gamer der Welt gehalten hätte. Aber in der Realität ist er ein Megaloser. Und er ahnt, dass man diese *Galactic Games* nicht mit einem Controller in der Hand gewinnt.

Andererseits, wenn er sich weigert, wird die Erde auf jeden Fall zerstört. Er hat also keine andere Wahl, als es wenigstens zu versuchen.

Felix schließt die Augen und wünscht sich ganz fest aufzuwachen. Doch als er sie wieder öffnet, ist das Tentakelschwein immer noch da.

»Also, was ist jetzt?«, fragt Bargel.

»Na gut«, sagt Felix. »Aber ich ziehe mich schnell noch an, ja?«

Nachdem er sich Jeans, T-Shirt, Sweatshirt, Regenjacke und Sneakers übergestreift hat, geht er zögernd auf die helle Öffnung zu.

»Nun mach schon!«, drängt Bargel. »Wenn das so weitergeht, verpassen wir noch den Start. Und dann wird nicht nur dein Planet in die Luft gejagt, sondern auch meiner!«

Felix schluckt, holt tief Luft und tritt durch den Lichtspalt.

Team Tentakelfaust

Felix blinzelt. Es dauert einen Moment, bis sich seine Augen an das grelle Licht gewöhnt haben. Er befindet sich nicht mehr in seinem Zimmer, sondern auf einer Art Lichtung, die von baumhohen bläulichen und lilafarbenen Gewächsen mit gezackten Blättern umgeben ist. Am Himmel scheint blass ein riesiger, gestreifter Mond, der Felix an Bilder des Planeten Jupiter erinnert und trotz des Tageslichts deutlich erkennbar ist. Der Boden ist mit einer Art braunem Moos bedeckt.

Der Spalt, durch den sie hierhergekommen sind, ist nirgends zu sehen. Es gibt keinen Rückweg mehr!

Das muss ein Traum sein. *Bitte, lieber Gott, lass das einen Traum sein!*

Neben Bargel steht ein weiteres Monster. Es besitzt annähernd menschliche Gestalt, ist jedoch mindestens doppelt so groß wie Felix. Sein muskulöser Körper hat rote Haut und ruht auf zwei kräftigen Beinen, die in einer Art Hose stecken. Von dem kleinen Kopf ragen zwei riesige Hörner auf. Gelbe Augen mit schwarzen schlitzartigen Pupillen starren Felix, wie es scheint, böse an.

Hinter dem roten Dämon erhebt sich ein glibbriger grüner Geleeklumpen vom Boden.

Felix ist sich nicht sicher, ob das ein Teil der Landschaft ist oder ein Lebewesen.

Er blickt an sich herab. Er hat nur seine Kleidung. Keine Laserpistole, nicht mal einen Holzknüppel, den er als Waffe verwenden könnte.

»Igitt! Was hast du denn da wieder angeschleppt, Bargel?«, fragt der Dämon mit einer Stimme, die wie eine Geröllawine klingt. Er sieht dabei nicht etwa den Geleeklumpen an, sondern Felix, dem jetzt auffällt, dass auch der rote Riese ein schmales goldenes Band um den Kopf trägt.

»Tut mir leid«, erwidert Bargel. »Mein Lokator spinnt, glaube ich, schon wieder.«

»Äh, hallo, ich bin Felix. Von der Erde.«

»Von der Erde?«, fragt der Dämon. »Du meinst den Boden, auf dem wir stehen?«

»Ich glaube, so nennen die ihren Heimatplaneten«, erklärt Bargel. »Die haben noch nie eine andere Spezies von außerhalb ihres Planetensystems getroffen. Der Typ hier wusste nicht mal, was die *Galactic Games* sind!«

»Und was willst du dann mit ihm? Du hättest ihn auf seinem Hinterwäldlerplaneten lassen sollen. Der behindert uns doch bloß.«

»Ich, äh, ich glaube, er hat recht«, stimmt Felix zu. »Du bringst mich am besten gleich wieder zurück, Bargel.«

»Unsinn«, widerspricht das Tentakelschwein. »Wir müssen zu viert sein, um an dem Turnier teilzunehmen, und wir haben nicht die Zeit, jetzt noch einen Ersatz für ihn zu suchen. Felix ist vielleicht nutzlos, aber wir brauchen ihn.«

Der Dämon, der immer noch nicht seinen Namen verraten hat, schnauft abfällig. »Du solltest dir echt einen neuen Lokator zulegen, Bargel!«

»Nun lasst ihn doch mal in Ruhe!«

Die piepsige Stimme, die das gesagt hat, scheint von dem Geleeklumpen zu kommen. »Ihr habt wohl schon vergessen, dass *ihr* auch irgendwann zum ersten Mal bei einem Turnier angetreten seid.«

Der Geleeklumpen wird länger und dünner. Oben formt sich ein Oberkörper, während sich der untere Teil in zwei Beine aufspaltet und aus den Seiten Arme herauswachsen, die eine hellbraune Farbe annehmen. Während Felix staunend zusieht, wird das Wesen immer menschenähnlicher, bis es schließlich wie ein Mädchen aussieht. Ein Mädchen, das er erst heute Mittag in der Schule kennengelernt hat!

»Dilara?«, fragt er verblüfft.

»Nein, ich heiße Lysia«, erwidert das Mädchen.

»Aber … was … wie …?« Dann plötzlich durchflutetet ihn Erleichterung und er fängt an zu lachen.

»Was ist so lustig?«, fragt das Mädchen, das wie Dilara aussieht.

»Ich … ich habe wirklich einen Moment lang gedacht, das alles hier wäre echt!«, meint Felix. »Ich hatte noch nie einen so realistischen Albtraum. Aber dass du auf einmal so aussiehst wie die Neue in unserer Schule, das kann ja nun wirklich nicht real sein.«

»Ich weiß nicht, wem ich ähnlich sehe«, erwidert Lysia mit ihrer hohen Stimme. »Ich weiß nur, dass dir mein Aussehen gefällt. Oder etwa nicht? Ich kann mich auch in etwas anderes verwandeln, so etwas wie Bargel zum Beispiel.«

»Äh, nein danke«, erwidert Felix verunsichert. »Aber wie … woher …?«

»Woher ich weiß, was du hübsch findest? Ich kann zwar keine Gedanken lesen, aber ich kann Gefühle spüren. Und ich habe gespürt, dass ich dir in meiner natürlichen Form nicht gefalle, also habe ich mein Aussehen so lange verändert, bis ich fühlte, dass du mich hübsch findest.«

Felix spürt, wie er rot anläuft. »Ich … es tut mir leid … ich finde nicht, dass du in deiner richtigen Form hässlich bist oder so … es ist nur … ich kenne mich mit Aliens nicht so aus und …«

Lysia kichert. »Jetzt ist es dir unangenehm und du hast Angst, dass du mit deinen Gefühlen meine verletzt hast. Das ist sehr nett von dir, Felix, aber seine Gefühle kann man nicht kontrollieren – keine Spezies des Universums kann das, außer mit Technik oder Medikamenten. Man kann entgegen seinen Gefühlen handeln, sie vielleicht unterdrücken, doch man kann nicht verhindern, dass man sie hat. Aber keine Angst, die meisten Spezies halten sich gegenseitig für abstoßend. Für Bargel ist es zum Beispiel gruselig, dass du so lange Beine hast und dass deine Augen da sind, wo eigentlich deine Nase sein müsste. Und Thorax findet sogar sich selbst hässlich, weil angeblich seine Hörner zu dick und seine Arme zu dünn sind.«

Felix betrachtet verwundert die gewaltigen Oberarme des roten Dämons.

»Hey, hör auf, in meinen Gefühlen herumzuschnüffeln!«, beschwert sich Thorax.

»Ich schnüffele nicht. Es ist so, als ob ihr zu mir sprecht, nur eben nicht mit Worten. Ich kann das nicht abstellen.«

»Ist das nicht ziemlich anstrengend?«, fragt Felix.

»Manchmal schon, vor allem, wenn man es mit Spezies zu tun hat, die intensive Emotionen haben, so wie du«, erwidert Lysia. »Aber man gewöhnt sich dran.« Sie – oder jedenfalls das Mädchen, das aussieht wie Dilara – macht ein besorgtes Gesicht. »Du siehst ziemlich verunsichert aus, Felix.

Hab keine Angst, so schlimm ist es nicht, und wir werden auf dich aufpassen.«

»Auf ihn aufpassen?«, fragt Thorax. »Kommt gar nicht infrage! Wir werden mehr als genug damit zu tun haben, nicht selber gefressen, aufgespießt, erschlagen, erschossen oder in die Luft gesprengt zu werden und nicht in eine der unzähligen Fallen zu tappen, die garantiert auf uns warten!«

Felix sieht den Dämon erschrocken an.

»Jetzt hör auf, ihm noch mehr Angst zu machen!«, weist ihn Lysia zurecht.

»Ich sag ja, der ist bloß Ballast!«

»Nur weil er Angst hat, heißt das noch lange nicht, dass er Ballast ist. Angst ist sehr nützlich. Sie hindert Lebewesen daran, unnötige Risiken einzugehen.«

»Schon gut«, sagt Felix, den es ärgert, dass die beiden über ihn reden, als wäre er gar nicht da. »Ich kann schon auf mich selbst aufpassen.«

»Na also!«, meint Bargel. »Die Anmeldefrist läuft in drei Millizyklen ab. Seid ihr bereit?«

»Na gut, auf deine Verantwortung«, sagt Thorax.

»Von mir aus«, stimmt Lysia zu.

»Äh, also …«, beginnt Felix, doch Bargel beachtet ihn gar nicht.

Er wedelt mit seinen vier Armen in der Luft herum und ruft: »Team Tentakelfaust meldet sich hiermit bei den *Galactic Games*, Runde 42.898 an.«

»Team *was*?«, fragt Felix.

»Team Tentakelfaust«, wiederholt Lysia. »Das ist Bargels Idee gewesen. Er ist am längsten Mitglied dieses Teams, deshalb durfte er auch den Namen aussuchen. Ich weiß nicht, wie das in deiner Sprache klingt, aber in meiner hört es sich ein bisschen albern an.«

»Das ist überhaupt nicht albern!«, protestiert

Bargel. »Wenn du jemals einen Schlag von einer Tentakelfaust abbekommen hättest, wüsstest du das. Und außerdem …«

Doch bevor er weitererklären kann, was er sich bei dem Namen gedacht hat, erscheint plötzlich ein seltsames Ding auf der Lichtung. Es sieht aus wie eine mindestens zehn Meter hohe, runde Säule aus dunklem Metall, die eine Oberfläche voller unregelmäßiger Einkerbungen hat. Ungefähr auf halber Höhe ist ein Ring aus gläsernen Halbkugeln angebracht wie schwarze Augen, in deren Innerem ein rötliches Glühen zu sehen ist. Die Säule wirkt auf Felix irgendwie bedrohlich und er bekommt eine Gänsehaut.

»Was … was ist das?«, fragt er.

»Keine Angst, das ist nur ein Schiedstöter«, erklärt Lysia.

»Ein *was*?«

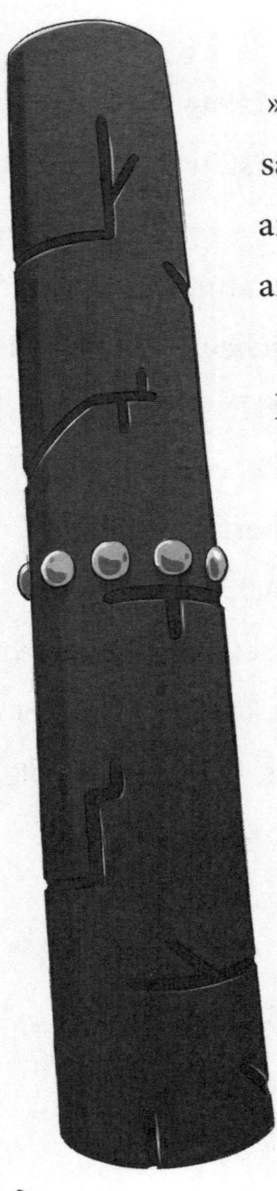

»Na ja, wie der Name schon sagt: Er tötet alle, die sich nicht an die Spielregeln halten. Aber ansonsten ist er harmlos.«

Eine donnernde Stimme erklingt: »Team Tentakelfaust, seid ihr das?«

»Ja«, sagt Bargel.

Aus einem der Augen schießt plötzlich ein roter Laserstrahl hervor. Er trifft Bargel, doch das Tentakelschwein bleibt unversehrt. Offenbar ist dies keine Waffe – oder der Schiedstöter hat den Strahl so eingestellt, dass er niemanden verletzt.

»Identifiziert als **Bargelimopho Gbimbrl Zoffronkomotsch Bli Kwambfaffl.**« Der Lichtstrahl gleitet weiter auf Thorax. »Identifiziert als **Thorax Thorax ab Thorax da Thorax bla Thorax.**« Als Nächste ist Lysia an der Reihe: »Identifiziert als **Lysia Lysandriparamilla Salmanigufinbula Sinobostri.**«

Felix zuckt zusammen, als ihn schließlich der Strahl aus dem glühenden Auge trifft. »Dich kenne ich nicht. Identifiziere dich!«

»Ich bin … bin Felix«, stottert er. »Felix Krümel … ich meine, äh, Krume. Von der Erde.«

»**BinFelixFelix Krümelichmeineäh-Krume Vondererde,** du bist hiermit bei den *Galactic Games* registriert.«

»Nein, nein, mein Name ist …«, beginnt Felix, doch der Schiedstöter beachtet ihn schon gar nicht mehr.

»Ich verlese euch jetzt die Spielregeln«, dröhnt die Riesensäule. »Erstens: Ihr dürft euch nicht vom Austragungsort des Spiels entfernen, bevor das Spiel zu Ende ist. Zweitens: Ihr dürft während des Spiels keine Lokatoren, Transmutatoren, Holoprojektoren, Cephaloamplifikatoren, Physioaugmentatoren, Quantenportale oder sonstige unzulässige Technologie benutzen. Drittens: Den Anweisungen der Schiedstöter ist stets Folge zu leisten. Nichtbeachtung wird mit der sofortigen Auslöschung bestraft. Noch Fragen?«

»Ich … äh … also …«, beginnt Felix.

Der glühende Strahl des Schiedstöters trifft ihn. »Du hast eine Frage, BinFelixFelix?«

»Ja. Gibt es noch mehr Dinge, die wir nicht dürfen? Zum Beispiel andere Spieler töten oder so?«

»Nein. Alles ist erlaubt, außer den verbotenen Dingen, die ich gerade vorgelesen habe.«

Felix schluckt. Das ist genau die Antwort, die er befürchtet hat. Es bedeutet nicht nur, dass sie ihre Gegner töten können, sondern natürlich auch, dass ihre Gegner *sie* umbringen dürfen.

»Kommen wir nun zu eurer Aufgabe«, ruft der Schiedstöter. »Geht in den Tempel der Göttin Vaga im Süden, findet den Quantenkristall und bringt ihn her. Wenn euch dies gelingt, bevor eure Gegner euch den Kristall wegschnappen, habt ihr das Spiel gewonnen.«

»Wer sind denn diesmal unsere Gegner?«, fragt Bargel.

»Mehrere Teams sind bereits an dieser Aufgabe gescheitert. Das letzte, das noch übrig ist, ist das Team *Unbesiegbare Helden der Galaxis.*«

»Was?«, ruft Bargel erschrocken aus. »Aber … aber … das ist doch unfair! Die Unbesiegbaren Helden sind auf Level 112 und wir nur Level 17 und außerdem haben wir einen Neuling dabei und …«

»Ihr habt euch für diese Runde der *Galactic Games* angemeldet. Die Anmeldung kann nicht rückgängig gemacht werden.«

Damit verschwindet die Metallsäule geräuschlos, als sei sie bloß eine Illusion gewesen.

Durch den Dschungel

»So eine gequirlte Entropie!«, schimpft Bargel. »Ausgerechnet die Unbesiegbaren Helden! Da können wir uns ja gleich ins nächste schwarze Loch stürzen!«

»Großartig!«, ruft Thorax. »Wirklich großartig! Erst schleppst du uns diesen dürrbeinigen Anfänger an und jetzt müssen wir auch noch zu dritt gegen das beste Team der Liga kämpfen! Wir hätten uns niemals für dieses Spiel anmelden dürfen!«

Auch das Mädchen, das aussieht wie Dilara,

aber in Wirklichkeit ein außerirdischer, intelligenter Wackelpudding ist, macht ein bedrücktes Gesicht. »Ich verstehe das nicht«, sagt sie. »Normalerweise sorgt doch das Gamecenter immer dafür, dass die Spielrunden einigermaßen ausgewogen sind.«

»Da muss was gründlich schiefgelaufen sein«, meint Bargel. »Oder … vielleicht ist die Auslosung manipuliert worden. Vielleicht hat irgendjemand dafür gesorgt, dass die Unbesiegbaren Helden in den Vorrunden nur auf viel schwächere Teams treffen, damit sie auf jeden Fall ins Finale kommen.«

»Du glaubst, an den Gerüchten, dass die *Games* manipuliert werden, ist was dran?«, fragt Lysia.

»Bis gerade eben hätte ich das noch für Unsinn gehalten«, erwidert Bargel. »Aber hier ist doch offensichtlich etwas faul!«

Felix blickt unglücklich zwischen den dreien hin und her. Nicht nur, dass er als blutiger Anfänger in einem Spiel mitmachen muss, bei dem es ums Überleben der ganzen Menschheit geht – nein, jetzt sollen sie auch noch gegen einen übermächtigen Gegner antreten! Das *muss* einfach ein Albtraum sein! Wenn er doch bloß endlich aufwachen würde …

»Los, kommt!«, ruft Bargel. »Der Schiedstöter hat gesagt, der Tempel liegt im Süden. Vielleicht haben wir eine Chance, wenn wir ihn vor den anderen finden.«

Das Tentakelschwein flitzt mit überraschender Geschwindigkeit auf seinen Stummelbeinchen davon, bis es im bläulichen Dickicht nicht mehr zu sehen ist. Thorax entfaltet zwei riesige blutrote Schwingen auf seinem Rücken, flattert kräftig damit, sodass Felix' Haare vom Wind zerzaust werden, hebt ab und fliegt in dieselbe Richtung davon.

Lysia schmilzt wie Kerzenwachs und wird zu einem grünlichen, halbdurchsichtigen Rinnsal, das rasch über die Lichtung fließt und ebenfalls im Wald verschwindet.

Zögernd folgt Felix ihr. Das Dickicht aus blassblauen, lila- und hin und wieder rosafarbenen Gewächsen mit den harten, scharfkantigen Blättern macht das Vorwärtskommen schwierig. Die unheimlichen Geräusche um ihn herum – ein lang gezogenes, hohes Wimmern, das immer wieder aus verschiedenen Richtungen kommt, dazwischen knarzende Laute wie von alten Treppenstufen – tragen auch nicht gerade dazu bei, dass er sich in diesem fremdartigen Urwald wohler fühlt.

Bald hat er die Orientierung verloren. Süden ist auf der Erde dort, wo die Sonne mittags steht.

Jedenfalls auf der Nordhalbkugel, wenn Felix sich richtig erinnert – in Südafrika steht die Sonne mittags stattdessen im Norden. Selbst wenn er also die Sonne durch die dichten Blätter sehen könnte, wüsste er immer noch nicht, in welche Richtung er gehen muss. Was für ein dämlicher Albtraum das ist!

Kaum ist ihm dieser Gedanke durch den Kopf geschossen, hört er in der Nähe ein seltsames, kollerndes Geräusch. Er bekommt eine Gänsehaut. Das Knacken von Zweigen ist zu hören, dann erklingt das Geräusch noch einmal, viel lauter diesmal und genau hinter ihm.

Erschrocken dreht sich Felix um und starrt auf ein Furcht einflößendes Wesen. Es sieht aus wie eine Tomate mit einem Durchmesser von zwei Metern, die auf zwei kurzen Beinen mit froschartigen Füßen steht. Oben wächst aus dem blass-

roten Körper ein Schopf dunkelgrauer Haare oder Antennen, der den Eindruck eines riesigen Gemüses noch verstärkt. Der Anblick wäre lustig, wäre da nicht das riesige Maul voller Zähne in der Mitte des Körpers. Felix kann weder Nase noch Augen erkennen, doch trotzdem hat er das Gefühl, dass das Wesen ihn gierig anstarrt. Wahrscheinlich handelt es sich um ein Raubtier, vielleicht aber auch um ein Mitglied des gegnerischen Alien-Teams. Wie sollte er den Unterschied erkennen?

Hastig sieht sich Felix um. Rechts von ihm stehen zwei blaue Bäume nah beieinander, zu beiden Seiten davon versperren stachelige Büsche den Weg. Wenn er sich zwischen den Stämmen hindurchzwängt, wäre er vor dem Monster in Sicherheit. Doch der Durchgang ist mehrere Schritte entfernt und Felix wagt es nicht, dem Tomatenmonster den Rücken zuzudrehen.

Das Wesen stößt ein Geräusch aus, das wie **»Knorrrllgrrmmm«** klingt. Eine lange grüne Zunge schießt aus dem Maul hervor und leckt über die Zähne.

Felix nimmt all seinen Mut zusammen. *Das ist nur ein blöder Albtraum*, sagt er zu sich selbst. *Mir kann gar nichts passieren!*

Er macht einen Schritt auf das Monster zu, das viel größer ist als er, und fuchtelt wild mit den Armen herum.

»Verschwinde, du hässliches Vieh, oder ich mache Ketchup aus dir!«, brüllt er.

Das Monster springt erschrocken zwei Meter zurück. Felix wartet nicht, bis es sich von seiner Überraschung erholt und den Bluff durchschaut hat, sondern rennt los. Er erreicht den Spalt zwischen den Bäumen und schlüpft hindurch – keine Sekunde zu früh. Das Tomatenmonster macht einen gewaltigen Satz und landet unmittelbar vor dem Durchgang. Es reißt sein Maul auf und stößt ein wütendes Kollern aus.

»Ha!«, ruft Felix triumphierend und streckt dem Monster die Zunge heraus. »Fang mich doch, wenn du kannst!«

Die Killertomate kollert erneut, dann springt sie über die Büsche, sodass sie auf der anderen Seite landet, nur wenige Meter von Felix entfernt. Verflixt!

Bevor das Monster ihn erreicht, schlüpft Felix wieder zurück durch den Spalt. Es macht einen Satz und landet wieder auf der ursprünglichen Seite.

Ein paarmal geht es so hin und her, dann bleibt das Monster auf einer Seite des Spalts hocken. Die Haarbüschel auf seinem Kopf wedeln hin und her. Felix wird klar, dass das Ungeheuer ihn zwar nicht erreichen kann, er sich aber auch nicht von dem Spalt fortbewegen darf, wenn er nicht gefressen werden will. Er sitzt in der Falle!

»Hilfe!«, ruft er, doch nur das Kollern des Tomatenwesens und die Geräusche des außerirdischen Dschungels antworten ihm. Das Team Tentakelfaust ist wahrscheinlich schon viel zu weit entfernt, um ihn überhaupt zu hören. Und selbst wenn, sie würden ihm ja doch nicht zu Hilfe kommen, das hat Thorax deutlich gemacht. Felix war ja von Anfang an nur Ballast für sie.

Gerade als er denkt, viel schlimmer kann so ein Albtraum nicht werden, kommt aus dem Dickicht auf seiner Seite des Spalts ein weiteres Wesen gekrochen. Es sieht aus wie eine Schlange mit einem Affenkopf, in dem vier schwarze Augen sitzen. Goldene Linien auf dem türkisblauen Körper lassen das Wesen zwar sehr schön erscheinen, doch

Schlangen sind normalerweise gefährlich, vor allem, wenn sie so groß sind wie diese!

Dass diese Befürchtung berechtigt ist, zeigt sich an der Reaktion des Tomatenmonsters: Als es die Schlange erblickt, stößt es einen Laut aus, der wie eine Autohupe klingt, und springt schnell davon.

Starr vor Schreck blickt Felix das neue Monster an. Der Spalt wird ihm hier nicht helfen, denn die Schlange passt mühelos hindurch.

Wann klingelt bloß endlich der Wecker?

Die Schlange betrachtet Felix mit ihren vier Augen, dann sinkt sie zu Boden und zerschmilzt. Felix begreift erst, was geschieht, als die glibberigen Überreste der Schlange zu einem Haufen zusammenfließen, der sich zu einem menschlichen Wesen formt, das aussieht wie Dilara.

»Lysia?«, fragt er verblüfft. »Du bist zurückgekommen!«

»Klar«, sagt die Gestaltwandlerin. »Schließlich bist du ein Teil unseres Teams!«

»Das sieht Thorax aber anders.«

»Ach was, der wird sich schon noch an dich gewöhnen.«

»Aber ich bin doch bloß Ballast für euch, da hat er leider recht.«

»Das wird sich noch zeigen. Jedes Wesen hat besondere Fähigkeiten.«

Felix schüttelt den Kopf. »Ich nicht. Du kannst dich in alles Mögliche verwandeln. Thorax ist stark und kann fliegen. Bargel hat immerhin vier Arme. Aber ich bin völlig nutzlos.«

»Das wird sich noch zeigen«, wiederholt Lysia. »Jetzt komm mit, die anderen warten schon.«

Der Tempel

Felix folgt Lysia durch den dichten Dschungel. Als sie einem weiteren Tomatenmonster begegnen, verwandelt sie sich wieder in die blau-goldene Schlange.

»Was ist das eigentlich für ein Wesen, in das du dich gerade verwandelt hast?«, fragt Felix, nachdem das Monster mit großen Sprüngen geflohen ist und Lysia wieder ihre menschliche Form angenommen hat.

»Keine Ahnung«, erwidert sie. »Ich habe nur gespürt, dass das Tier vor dieser Gestalt Angst hat.«

»Wie praktisch.«

Felix wünscht sich von ganzem Herzen, er hätte auch eine so coole Fähigkeit. Oder wenigstens eine Laserpistole oder irgendetwas, mit dem er sich selbst verteidigen kann. Wenn das hier ein Traum ist, dann müsste er sich das eigentlich einfach herbeiwünschen können! Aber sosehr er sich auch anstrengt, es erscheint keine Waffe in seiner Hand.

Lysia muss seine Gefühle spüren, doch sie ist nett genug, nichts zu sagen.

Nachdem sie sich eine gute Stunde durch den Dschungel gekämpft haben, erreichen sie eine Lichtung, auf der sich ein anscheinend uraltes, pyramidenförmiges Gebäude erhebt. Blaugrüne Schlingpflanzen überwuchern die Steinblöcke. In der Mitte führt eine Öffnung ins finstere Innere. Vor dem Tempel steht die Statue eines Wesens, das einen Körper aus drei aufeinandergestapelten

Kugeln hat, aus denen auf jeder Seite sechs lange Arme oder Beine herausragen, sodass es aussieht wie ein groteskes Insekt. In der mittleren Kugel befinden sich mehrere runde Löcher, die vielleicht Augen darstellen sollen. Die oberen zwei Arme halten ein achtseitiges, kristallförmiges Gebilde, das oben und unten spitz zuläuft. Oder vielleicht ist das auch der Kopf des Wesens?

Thorax und Bargel warten vor dem Eingang des Tempels.

»Wieso hat das so lange gedauert?«, grollt der Dämon. »Die anderen haben den Quantenkristall bestimmt schon längst gefunden.«

»Wenn sie den Kristall schon gefunden und den Tempel heil verlassen hätten, wüssten wir es bereits«, widerspricht Lysia.

»Ja, aber sie haben jetzt einen riesigen Vorsprung, weil du unbedingt noch mal umkehren

musstest, um dieses Dürrbein zu holen. Der vermasselt uns alles. Wir können ebenso gut gleich aufgeben!«

Felix läuft rot an und wünscht sich zum x-ten Mal, endlich aufzuwachen.

»Hier wird nicht aufgegeben!«, entgegnet Bargel. Er macht einen nervösen Eindruck.

»Felix ist Teil des Teams, ob dir das gefällt oder nicht«, sagt Lysia energisch. »Wenn wir gegen die Unbesiegbaren Helden gewinnen wollen, müssen wir zusammenhalten!«

»Pah!«, macht Thorax nur.

»Können wir jetzt endlich reingehen?«, drängelt Bargel.

»Ja okay.«

Felix wirft noch einmal einen Blick auf die zwölfarmige Statue, dann folgt er den anderen in den Tempel.

Undurchdringliche Dunkelheit umgibt ihn.

»Könnt ihr … etwas sehen?«, fragt er.

»Du etwa nicht?«, wundert sich Bargel, während Thorax nur verächtlich schnaubt.

»Nein, leider nicht.«

»Keine Angst, ich führe dich«, sagt Lysia.

Sie fasst Felix an der Hand, doch dadurch fühlt er sich noch nutzloser – fast wie ein kleines Kind.

Eine Zeit lang stolpert er neben Lysia durch die Finsternis. Der Gang führt zunächst steil in die Tiefe, flacht dann ab und verläuft gerade. Endlich sieht Felix in der Ferne Licht. Als sie näher kommen, erkennt er einen großen, quadratischen Raum mit steinernen Wänden, der von Fackeln beleuchtet ist. In die Wände sind seltsame Symbole und Schriftzeichen eingraviert.

In der Mitte des Raums sitzt ein riesiges Ungetüm. Es sieht aus wie eine schwarze Spinne, aus deren Rücken ein beinahe menschlich wirkender Körper herausragt. Statt normaler Arme besitzt er allerdings zwei lange, biegsame Gliedmaßen, die aus unzähligen aneinandergesetzten Kugeln zu bestehen scheinen. An den Enden sind diese Arme mit gefährlich aussehenden Stacheln ausgestattet. Im Kopf des Wesens prangt ein einziges Auge, das violett leuchtet. Darüber glaubt Felix einen goldenen Schimmer zu erkennen, ist sich aber im trüben Licht der Fackeln nicht ganz sicher.

Hinter dem Wesen befindet sich eine altertümlich aussehende Kiste aus schwarzem Material.

»Vorsicht!«, warnt Bargel. »Nehmt euch vor seinen Fangarmen in Acht! Die Stacheln sind bestimmt giftig.«

»Ach was, mit dem Ding werden wir schon fertig!«, sagt Thorax. Er breitet seine Flügel aus, hebt ab und flattert um das Monster herum, das mit seinen Fangarmen nach ihm schlägt.

»Los, Lysia, mach ihm Angst!«, ruft Bargel.

Lysia zerfließt und wird zu einem Schleimball, aus dem immer wieder unterschiedliche Gliedmaßen herauswachsen, nur um gleich darauf wieder zu verschwinden.

»Ich … ich glaube, das Ding hat vor nichts Angst«, sagt sie.

»Könnt ihr mir vielleicht mal helfen, statt da nur rumzustehen und zu quatschen?«, fragt Thorax, der immer noch um das Wesen herumflattert, während es mit seinen Fangarmen nach ihm schlägt. Ein paarmal kann er nur um Haaresbreite ausweichen.

Felix schluckt. Er mochte Spinnen noch nie

besonders und dieses Monster sieht wirklich schrecklich aus. Außerdem ist er unbewaffnet. Was kann er schon gegen so ein Ungetüm ausrichten?

Ihm fällt ein, was Thorax gesagt hat: *Wer braucht schon Ballast?* Klar, Ballast ist ja bloß ein nutzloses Gewicht, das einen in der Bewegung behindert. Das bringt ihn auf eine Idee …

Das ist nur ein Traum, dir kann nichts passieren, sagt er zu sich selbst und rennt los, während das Wesen gerade in eine andere Richtung schaut. Als einer der beiden Fangarme dicht über Felix hinwegzischt, springt er hoch, packt den Arm, umschlingt die runden Glieder und klammert sich mit aller Kraft daran fest. Er wird durch die Luft gewirbelt, als das Monster versucht, ihn abzuschütteln, doch er lässt nicht los.

Dummerweise hat das Wesen *zwei* Fangarme.

Entsetzt sieht Felix, wie der zweite Arm auf ihn herabsaust. Aber bevor der Giftstachel ihn durchbohrt, hört er einen wilden Schrei: »Es lebe Team Tentakelfaust!«

Bargel fliegt durch die Luft, umklammert den zweiten Fangarm mit seinen Tentakeln und hält sich ebenfalls daran fest. Durch das zusätzliche Gewicht wird der Arm des Spinnenmonsters nach unten gezogen und der Giftstachel verfehlt Felix nur knapp.

Thorax nutzt die Gelegenheit und fliegt zum Kopf des Monsters, das mit wilden Bewegungen seiner Arme versucht, den geflügelten Dämon abzuwehren, durch Felix' und Bargels Gewicht jedoch daran gehindert wird.

»Los, reiß ihm den Kopf ab!«, brüllt das Tentakelschwein.

»Nein!«, gellt ein Schrei durch den Raum.

»Ich gebe auf. Ihr habt gewonnen. Aber bitte tut mir nichts!«

Im selben Moment erschlaffen die Arme des Spinnenmonsters, sodass Felix und Bargel zu Boden sinken.

Ohne den Fangarm loszulassen, blickt Felix verblüfft zum Kopf des Wesens. Jetzt erkennt er, dass das goldene Schimmern, das er zuvor gesehen hat, von einem dünnen Band um seinen Kopf stammt.

»Wer bist du?«, fragt er.

»Hör nicht auf das Ding!«, ruft Bargel. »Offensichtlich ist es ein Mitglied der Unbesiegbaren Helden. Es will uns nur hereinlegen. Sobald wir die Fangarme loslassen, sticht es uns. Reiß ihm den Kopf ab, Thorax!«

»Nein, bitte nicht!«, fleht das Spinnenmonster mit einer heiseren, für seine Größe erstaunlich dünnen Stimme.

»Was denkst du, Lysia?«, erkundigt sich Felix.

»Ich glaube, das Wesen meint es ehrlich«, erwidert sie. »Ich spüre Angst, aber keine Bosheit.«

»Kann ja sein«, meint Bargel. »Doch vielleicht kann das Ding seine Gefühle verstellen.«

»Das kann ich nicht ganz ausschließen«, meint Lysia.

»Also, was ist jetzt?«, fragt Thorax. »Soll ich ihm den Kopf abreißen oder nicht?«

»Nein!«, kreischt das Spinnenmonster.

»Doch!«, ruft Bargel.

Felix überlegt. Es ist gut möglich, dass das schreckliche Monster sie nur hereinlegen will. Bargel hat recht, es wäre klüger, auf Nummer sicher zu gehen. Andererseits widerstrebt es ihm, ein Wesen zu töten, das offensichtlich intelligent ist und Angst hat.

»Wer bist du?«, fragt er noch einmal.

»Mein Name ist **Schjklrzrzlvbzklwr**«, antwortet das Spinnenmonster. »Es stimmt, ich gehöre zum Team der Unbesiegbaren Helden. Oder besser gesagt, ich *gehörte* zu ihnen. Aber sie haben beschlossen, dass ich völlig nutzlos bin, und mich hier zurückgelassen, um euch aufzuhalten, während sie sich auf die Suche nach dem Kristall machen.«

»Nutzlos? Du?«, fragt Felix ungläubig.

»Ja«, stimmt das Monster zu. »Ich kann nicht viel – außer gut klettern.«

»Wenn das wahr wäre, würdest du niemals zu den Unbesiegbaren Helden gehören«, widerspricht Bargel.

»Gehöre ich ja eigentlich auch gar nicht. Einer der Helden ist krank geworden und konnte nicht an diesem Turnier teilnehmen. Deshalb wurde ich aus meinem gemütlichen Bau geholt und in diese kalte, unfreundliche Welt geworfen. Die anderen haben mich von Anfang an nicht gemocht und mich als nutzlos bezeichnet. Und es stimmt ja auch, ich bin nutzlos, sonst hätte ich euch besiegt.«

Felix kommt diese Geschichte nur allzu bekannt vor. Er wirft einen Blick zu Lysia, die nickt.

»Ich glaube dir«, sagt er. »Ich bin dafür, dass wir Schkl… Schzrbr… wie auch immer es heißt, in Ruhe lassen, wenn es verspricht, uns nicht mehr anzugreifen.«

»Ihr könnt mich Schjk nennen, wenn ihr wollt. Ich schwöre bei meinen hunderttausend Schwestern, dass ich euch nicht angreifen werde!«

»Ich stimme Felix zu«, erwidert Lysia.

»Na gut, von mir aus«, grummelt Bargel. »Aber wenn es mich umbringt, bin ich echt sauer auf euch!«

Zögernd lassen Felix und Bargel die Fangarme los, während Thorax auf dem Boden landet und seine

Flügel zusammenfaltet. Das Wesen mit dem unaussprechlichen Namen hält Wort und greift sie nicht an.

»Danke!«, sagt es.

»Was ist das da für eine Kiste?«, fragt Felix.

»Die würde ich lieber nicht anfassen«, warnt das Spinnenmonster.

»Warum nicht?«

»Einer der Unbesiegbaren Helden hat versucht, sie zu öffnen, aber er ist von einem fürchterlichen Blitzschlag getroffen worden und hat nur knapp überlebt.«

Felix betrachtet die Kiste genauer. Wenn das hier ein Wettkampf ist, dann enthält sie bestimmt wertvolle Schätze oder nützliche Gegenstände, ist aber offenbar mit einer Falle gesichert. Auf der Vorderseite sind sechs Erhebungen angebracht, die mit seltsamen Symbolen gekennzeichnet sind:

Für Felix sehen sie aus wie Buchstaben einer unbekannten Schrift.

»Weiß jemand von euch, was diese Zeichen bedeuten?«, fragt er.

Bargel, Lysia und Thorax betrachten die Kiste.

»Das ist keine Schrift, die ich kenne«, meint das Tentakelschwein.

Auch Lysia und Thorax können sich die Symbole nicht erklären.

Felix begutachtet die Erhebungen genauer. Das könnten Druckknöpfe sein.

»Was genau hat der Held getan, der versucht hat, die Kiste zu öffnen?«, fragt er das Spinnenmonster.

»Zyrra hat die Knöpfe der Reihe nach von links nach rechts gedrückt«, bestätigt Schjk Felix' Vermutung. »Als sie den letzten Knopf berührte, zuckte ein blauer Blitz aus der Truhe und sie wurde quer durch den Raum geschleudert.«

»Also muss man die Knöpfe in der richtigen Reihenfolge drücken«, überlegt Felix laut. »So was kommt manchmal in Adventure Games vor. Meistens gibt es in der Nähe irgendwelche Hinweise auf die Lösung.«

Er sieht sich um. Die Wände des Raums sind zwar voller fremdartiger Schriftzeichen und Symbole, doch nirgendwo findet sich etwas, das den Zeichen auf der Truhe ähnelt.

Noch einmal inspiziert Felix die Knöpfe ganz genau. Wenn dies irgendeine Alien-Schrift ist, dann muss man die Knöpfe vermutlich in der Reihenfolge des Alphabets der fremden Schrift betätigen.

Doch woher soll er wissen, welcher Buchstabe dem irdischen A entspricht? Das erste Zeichen sieht zwar ein wenig aus wie ein Z, aber das ist bestimmt bloß Zufall. Wenn auch die anderen diese Schriftzeichen nicht kennen, ist das Rätsel wohl unlösbar für ihr Team.

Andererseits: In keinem guten Spiel gibt es unlösbare Rätsel und immerhin sind sie hier bei den *Galactic Games.* Die Erbauer dieses Tempels konnten vermutlich nicht wissen, welche Wesen hierherkommen und versuchen würden, die Truhe zu öffnen, und welche Sprachen sie beherrschen. Also sind die Zeichen vielleicht doch keine Buchstaben einer fremden Sprache.

Felix betrachtet die Knöpfe noch eine Weile, dann holt er tief Luft und drückt den zweiten mit dem seltsamen Kringel darauf.

Nichts geschieht.

»Bist du wahnsinnig?«, ruft Bargel. »Wenn du hier einfach an den Knöpfen rumspielst, kriegst du einen Stromschlag. Oder vielleicht explodiert die Kiste auch und wir sterben alle!«

Felix lässt sich nicht verunsichern. Er berührt den letzten Knopf ganz rechts, dann den vorletzten, danach den ersten und den dritten. Als er die Hand nach dem vierten Knopf ausstreckt, zögert er kurz. Wenn er sich irrt, trifft ihn ein Blitzschlag, und er ahnt, dass er diesen nicht überleben würde.

Vielleicht wache ich dann endlich aus diesem verrückten Traum auf, denkt er und drückt den Knopf.

Densitronium

Ein kurzes Klicken ertönt, dann springt der Deckel der Truhe auf.

»Wow!«, ruft Lysia. »Wie hast du denn das gemacht?«

»Ganz einfach«, erklärt Felix. »Mir ist aufgefallen, dass die Zeichen auf den Knöpfen aus unterschiedlich vielen Strichen bestehen. Dieser Kringel hier ist nur ein einziger, gebogener Strich. Das oben offene Dreieck besteht aus zwei Strichen, das Zeichen daneben aus drei und so weiter. Ich musste die Knöpfe also nur in der Reihenfolge der Anzahl der Striche drücken.«

»Respekt!«, sagt Schjk. »Da wäre ich in tausend Zyklen nicht draufgekommen. Die Unbesiegbaren Helden gehen davon aus, dass ihr Loser seid, die nicht mal den Ausgang aus diesem Raum finden. Aber ihr habt wohl mehr drauf, als sie ahnen.«

»Sieh mal an, es scheint, als sei unser Dürrbein doch nicht so nutzlos, wie ich dachte«, meint Bargel.

Thorax stößt bloß ein Schnauben aus, aber Felix hat den Eindruck, dass ihn die gelben Augen nicht mehr ganz so feindselig ansehen.

Bargel beugt sich über den Rand der Kiste, greift mit seinen Tentakelarmen hinein und holt eine glänzende rechteckige Scheibe heraus.

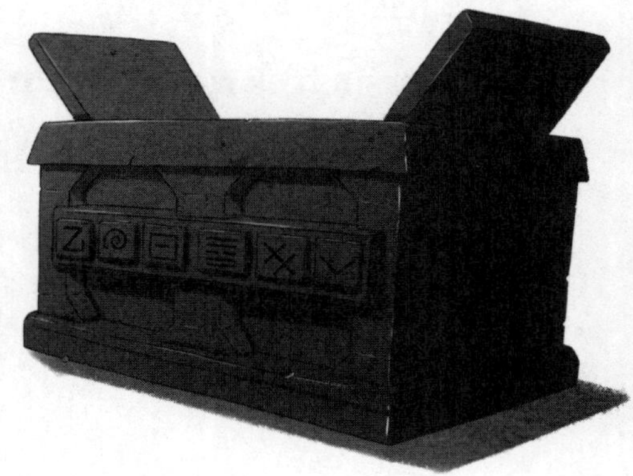

»Na, das ist ja mal ein toller Schatz!«, ruft er aus, aber dabei klingt er nicht gerade begeistert.

Als er den anderen seinen Fund zeigt, versteht Felix, warum: Es scheint sich um einen einfachen Spiegel zu handeln, nicht größer als seine Handfläche.

»Ist doch toll! Da kannst du endlich mal sehen, wie hässlich du bist, Bargel«, meint Thorax.

»Pass auf, was du sagst, oder ich mach dir einen Knoten in die Hörner!«, erwidert das Tentakelschwein. Es wirft den Spiegel achtlos zurück in die Kiste.

»Versuch es ruhig!«, gibt der Dämon zurück.

Felix fällt es schwer zu erkennen, ob die beiden es ernst meinen, aber immerhin gehen sie nicht gleich aufeinander los. Er holt den Spiegel wieder aus der Kiste und steckt ihn in die Hosentasche. Wer weiß, ob er nicht vielleicht doch noch nützlich ist. Dabei entdeckt er in einer Ecke der Kiste etwas, das Bargel übersehen hat: einen winzigen pechschwarzen Gegenstand, der aussieht wie zwei mit den Unterseiten aneinandergeklebte Pyramiden. Als Felix ihn in die Hand nimmt, fühlt er sich erstaunlich schwer an.

»Seht mal, hier ist noch etwas!«, ruft Felix.

Die anderen betrachten das Objekt, dessen Kanten nur etwa zwei Zentimeter lang sind, das aber mindestens ein Kilo wiegt, sodass es schon fast schmerzhaft in Felix' Hand drückt.

»Was soll das denn sein?«, fragt Thorax.

»Keine Ahnung«, meint Bargel. Er nimmt Felix das Ding aus der Hand und hält es vor seine Stielaugen. »Oh. Es ist ziemlich schwer. Das … das könnte Densitronium sein!«

»Densitronium?«, erwidert Thorax. »Bist du sicher?«

»Nein. Aber ich kenne kein anderes Material, das so schwer ist.«

»Was ist denn Densitronium?«, fragt Felix.

»Das weiß niemand so genau«, antwortet Bargel. »Auf jeden Fall kann es keiner herstellen, außer den Schöpfern natürlich. In den meisten Dingen, die von den Schöpfern stammen, finden sich Spuren von Densitronium – zum Beispiel in den Kommunikatoren.« Er tippt sich mit einem Tentakel an sein goldenes Stirnband. »Manche glauben, es sei denkende Materie.«

»Denkende Materie?«

»Ja, so wie ein Gehirn, nur viel, viel leistungsfähiger.«

»Also eine Art Minicomputer?«

»Schon möglich. Auf jeden Fall ist es das wertvollste Material der Galaxis. Für diese Menge hier kann ich mir einen Luxus-Raumkreuzer kaufen! Ich kann nicht fassen, dass ich das übersehen habe! Danke jedenfalls.«

Er schiebt das schwarze Gebilde in eine Hautfalte unter einem seiner Tentakel.

»Hey, Moment mal!«, ruft Thorax. »Wer hat denn gesagt, dass du das Densitronium behalten darfst?«

»Ich bin nun mal der Anführer von Team Tentakelfaust!«

»Ach ja? Seit wann das denn?«

»Seit ich das Team gegründet und ihm einen Namen gegeben habe!«

»Bloß weil du am längsten von uns dabei bist, heißt das noch lange nicht, dass du …«

»Hört auf, euch zu streiten!«, unterbricht Lysia die beiden. »Wenn das Densitronium überhaupt jemandem zusteht, dann ja wohl Felix. Schließlich hat er es gefunden und ohne ihn hätten wir die Kiste, in der es lag, gar nicht erst öffnen können.«

»Du willst, dass der Neue es kriegt?«, ruft Bargel. Seine Stimme klingt schrill vor Zorn. »Das kommt überhaupt nicht infrage!«

»Gib es mir oder ich reiße dir deine Tentakel einzeln aus!«, brüllt Thorax. »Und wenn das Dürrbein versucht, es mir wegzunehmen …«

»Beruhigt euch doch!«, ruft Felix. »Ich bin sicher, es gibt einen Grund dafür, dass das Dentridosi… Densitrino… dieses Dingsda in der Truhe war. Vielleicht ist es eine Art Test. Womöglich ist es nur dorthinein gelegt worden, damit wir uns darum streiten. Teams, die nicht fest genug zusammenhalten, werden an dieser Stelle scheitern.

Vielleicht wäre es das Klügste, das Ding einfach wieder zurückzulegen.«

»Das sagst du doch bloß, weil du es für dich behalten willst!«, knurrt Bargel.

»Ich glaube, Felix hat recht«, meint Lysia. »Wenn wir uns schon jetzt zanken, werden wir die übrigen Aufgaben, die noch auf uns warten, niemals bestehen.«

Bargel blickt die anderen nacheinander an. »Ich … ich … hab noch nie etwas so Wertvolles besessen …«, stammelt er. »Tut mir leid, aber ich gebe es nicht wieder her!«

»Das wollen wir doch mal sehen!«, ruft Thorax und stürzt sich auf ihn.

Entsetzt muss Felix mitansehen, wie die beiden immer wütender aufeinander einschlagen, während Lysia vergeblich versucht, deren Streit zu schlichten. Warum hat er bloß noch einmal in der verdammten Truhe nachgesehen? Vielleicht hätte er auch den Spiegel lieber darin lassen sollen.

Er holt die Scheibe hervor, sieht hinein und erschrickt.

»Halt!«, ruft er. »Hört auf! Hört sofort auf!«

Doch die beiden achten nicht auf ihn. Thorax reißt an zwei von Bargels Tentakelarmen, während die anderen beiden um seinen dicken Hals geschlungen sind, als wolle Bargel ihn erwürgen.

Felix hält den Spiegel vor die wütend glühenden Augen des Dämons. Dieser erschrickt und lässt Bargel sofort los. Das Tentakelschwein nutzt die Gelegenheit, um mit allen vier

Tentakeln auf seinen Gegner einzuschlagen, doch als Felix auch ihm den Spiegel vors Gesicht hält, stoppt es sofort.

»Was … was ist das für ein schrecklicher Spiegel?«, fragt Bargel. »Mein … Gesicht war darin ganz zerfetzt. Und … ich hatte keine Tentakel mehr!«

»Meine Augen …«, stöhnt Thorax. »Sie waren nur noch schwarze Löcher. Es war fürchterlich!«

»Ich glaube, der Spiegel zeigt die Zukunft«, meint Felix. »Oder vielleicht eine mögliche Zukunft. Als ich vorhin hineinschaute, habe ich euch beide tot daliegen sehen.«

Vorsichtig hält er die Spiegelscheibe so, dass er die beiden Aliens darin betrachten kann. Diesmal scheinen sie unverletzt zu sein. Er seufzt vor Erleichterung.

»Ich glaube, du hast recht, Felix«, sagt Bargel. »Wir sollten das Densitronium hier zurücklassen.«

Er macht eine Wurfbewegung mit seinem Tentakel. Es klackert, als etwas in die Kiste fällt. Dann klappt er den Deckel zu.

Thorax wirft einen sehnsüchtigen Blick zu der schwarzen Kiste, doch er nickt. Dann schaut er sich um.

»Okay, aber wie geht es jetzt weiter?«

Außer dem Durchgang, durch den sie gekommen sind, ist kein Ausgang erkennbar. Es muss also irgendeine Art von Geheimtür geben.

»Wie sind deine Kameraden aus diesem Raum gekommen?«, fragt Felix das Spinnenmonster.

»Das … das darf ich nicht sagen«, erwidert Schjk. »Das wäre Verrat an meinem Team.«

»Sag es uns sofort oder ich reiße dir den Kopf ab!«, droht Thorax.

Das Spinnenmonster stößt einen Zischlaut aus, dann flieht es durch den einzigen sichtbaren

Ausgang aus dem Raum. Der Dämon will es verfolgen, doch Lysia, die wieder ihre menschliche Gestalt angenommen hat, hält ihn zurück.

»Lass ihn. Dann müssen wir den anderen Ausgang eben selbst finden.«

Sie suchen jeden Winkel ab. Thorax flattert sogar zur Decke des Raums hinauf, doch es sind weder verborgene Schalter noch Druckknöpfe oder andere Mechanismen erkennbar. Nirgendwo deutet auch nur der kleinste Spalt auf eine verborgene Tür hin.

»Vielleicht müssen wir irgendwie das Densitronium oder den Spiegel benutzen, um weiterzukommen«, spekuliert Bargel.

»Das kann nicht sein«, widerspricht Felix. »Das andere Team hat die Truhe nicht öffnen können, aber sie sind trotzdem nicht mehr hier. Es muss einen anderen Weg geben.« Ihm fällt etwas ein.

Ohne lange darüber nachzudenken, sagt er: **»Sesam, öffne dich!«**

Nichts geschieht.

»Wer ist denn *Sesam*?«, fragt Bargel.

»Das … das war bloß aus einem alten Märchen«, erwidert Felix und spürt, wie er rot wird. »Darin muss der Held ein Zauberwort sagen, damit er Zugang zu einer Höhle erhält. Ich weiß auch nicht, warum ich dachte, dass uns das hier weiterhilft.«

»Ich kenne auch eine Geschichte, in der so ein Zauberwort gebraucht wird. Es lautet: **Schnuseldrumpf Flobbwuggl.** Hm, schade. Scheint auch nicht zu funktionieren.«

»Vielleicht müssen wir die Wand einfach einschlagen«, meint Thorax und beginnt, mit seinen gewaltigen Fäusten auf den Stein einzudreschen, ohne jedoch auch nur den kleinsten Kratzer zu bewirken.

»Hör auf, du Dummkopf!«, ruft Bargel. »Wenn das die Lösung wäre, dann wäre die Wand ja schon kaputt gewesen, als wir in den Raum kamen.«

Felix zuckt zusammen. Er befürchtet, dass sich der reizbare Dämon nach dieser Beleidigung auf das Tentakelschwein stürzen könnte, um es in Stücke zu reißen. Doch stattdessen nickt Thorax nur.

»Du hast recht.« Er reibt sich die schmerzenden Fäuste. »War eine dumme Idee. Aber ich habe leider keine bessere.«

Alle sehen auf einmal Felix an. Er fragt sich, ob er etwas falsch gemacht hat. Doch dann wird ihm klar, dass die Blicke der anderen Teammitglieder nicht zornig sind, sondern erwartungsvoll. Sie trauen ihm zu, dass er, der Neuling mit den dürren Beinen, die Lösung finden kann, auf die sie selbst nicht kommen.

Ein seltsames, unbekanntes Gefühl erfüllt ihn: Stolz, aber auch Furcht, die Erwartungen der anderen zu enttäuschen. Er denkt angestrengt nach und plötzlich fällt ihm etwas ein. Damals hat er das Spiel nicht selbst gespielt, sondern nur ein Let's-Play-Video dazu gesehen. In dem Spiel landete man auch in einer Sackgasse, aus der es scheinbar keinen Ausgang gab. Wie hieß es noch gleich? Richtig: *Antichamber.*

»Folgt mir«, sagt er, nimmt sich eine der Fackeln aus einer Halterung an der Wand und geht zurück zum Ausgang, durch den sie gekommen sind.

Der Schachbrettraum

»Was ist denn mit dem los?«, fragt Thorax. »Hat er etwa Angst bekommen?«

»He, hier wird nicht aufgegeben!«, ruft Bargel. »Komm zurück!«

»Ich gebe nicht auf«, erwidert Felix. »Ich will nur etwas ausprobieren.«

Die anderen folgen ihm zögernd in den dunklen Gang. Nach einer Weile gelangen sie an eine Abbiegung, die nach rechts führt.

»Als wir hergekommen sind, war der Gang hier

doch ganz gerade, oder etwa nicht?«, fragt Felix verwirrt.

»Stimmt«, meint Bargel. »Wir sind nicht um eine Ecke gebogen, das weiß ich genau.«

»Das dachte ich mir«, sagt Felix. »Mir ist ein Spiel eingefallen, das ich mal in einem Video gesehen habe. Da musste man an einigen Stellen den Gang zurückgehen, den man gekommen war, doch der Weg war plötzlich anders. Deshalb habe ich mir gedacht, vielleicht ist der Eingang zugleich der Ausgang.«

»Das bedeutet, Schjk ist gar nicht aus dem Tempel geflohen, als Thorax ihn bedroht hat«, stellt Bargel fest. »Er ist tiefer hineingegangen. Im Grunde genommen hat er uns den Weg gezeigt. Vielleicht wollte er, dass wir ihm folgen.«

»Ich wäre ihm ja auch gefolgt, wenn mich Lysia nicht zurückgehalten hätte«, beschwert sich Thorax.

»Wie auch immer, jetzt wissen wir ja, wie es weitergeht«, meint die Gestaltwandlerin. »Gut gemacht, Felix!«

Felix glüht vor Stolz, als sie dem Gang folgen, der bald einen weiteren Knick nach rechts macht und dann noch einen.

Als sie die nächste Ecke erreichen, bleibt Felix verdutzt stehen. Zögernd folgt er der Biegung. Nach ein paar Schritten gibt es wieder einen Knick nach rechts. Und noch einen. Und noch einen.

»Täusche ich mich oder laufen wir im Kreis?«, fragt Bargel.

Felix hält an. »Nein, du hast recht.« Er überlegt einen Augenblick, dann dreht er um.

Diesmal folgen ihm die anderen, ohne Fragen zu stellen. Der Gang macht einen Knick nach links, wie es zu erwarten war, doch danach verläuft er auf einmal gerade.

Schweigend gehen sie weiter.

»Dieser Gang nimmt kein Ende«, beschwert sich Bargel.

Felix bleibt stehen. Natürlich!

»Ich glaube, wir müssen noch mal umdrehen«, meint er.

Sie gehen in die Gegenrichtung und tatsächlich dauert es nicht lange, bis sie einen großen, quadratischen Raum erreichen, den sie zuvor noch nicht gesehen haben. Der Boden ist mit schwarzen und weißen quadratischen Fliesen bedeckt wie ein Schachbrett. Auf der gegenüberliegenden Seite ist eine rechteckige dunkle Öffnung in der Wand zu sehen, wo der Weg anscheinend weitergeht.

Als Bargel den Raum betreten will, greift Felix nach einem seiner Tentakel und hält ihn zurück.

»Vorsicht!«, warnt er.

»Wieso? Was ist denn?«, fragt Bargel.

»Nur so ein Gefühl«, meint Felix.

Er holt den Spiegel hervor und hält ihn so, dass er den Raum sehen kann. Darin liegt Bargel nicht weit vom Eingang ent- fernt auf dem Rücken. Seine Stielaugen starren reglos an die Decke, während ein Teil seines Körpers schwarz ist, als sei er verbrannt.

»Dachte ich's mir doch. Der Raum ist voller Fallen.«

Bargel erschrickt, als er in den Spiegel blickt. »Woher wusstest du das?«

»Ich wusste es nicht. Aber es erschien mir logisch. Schließlich wäre es ja zu einfach, wenn wir bloß dem Gang folgen und durch diesen Raum laufen müssten, um den Quantenkristall zu finden, oder? Und die Tatsache, dass der Boden wie ein

Schachbrett gemustert ist, hat sicherlich eine Bedeutung.«

»Was ist denn ein Schachbrett?«

»Schach ist ein Spiel bei uns auf der Erde. Das Spielbrett sieht so ähnlich aus wie der Boden dieses Raums.«

»Wie spielt man denn dieses Schach?«

»Jeder der beiden Spieler hat eine Reihe von unterschiedlichen Figuren, die man jeweils auf eine bestimmte Weise bewegen darf. Man muss versuchen, auf die Felder zu ziehen, auf denen gegnerische Figuren stehen, um sie zu schlagen. Wenn man den gegnerischen König schlägt, hat man gewonnen.«

»Vielleicht müssen wir so was Ähnliches auch machen«, mutmaßt Bargel.

»Siehst du hier etwa irgendwelche Figuren?«, fragt Thorax.

»Vielleicht sind wir ja die Figuren«, meint Lysia.

Felix denkt nach. Was auch immer sie tun müssen, um heil durch den Raum zu kommen, Schach spielen jedenfalls nicht. Erstens ist ein Schachbrett acht mal acht Felder groß, während dieser Raum nur sechs mal sechs Felder misst. Zweitens sind sie nur zu viert und wie Schachfiguren sehen sie nicht gerade aus. Drittens ist Schach ein irdisches Spiel und im Rest der Galaxis offensichtlich unbekannt. Aber vielleicht darf man wie beim Schach nur bestimmte Felder betreten.

Felix fasst in seine Hosentaschen. Außer dem Spiegel findet er nur eine halb volle Packung Papiertaschentücher und ein Centstück – der letzte Rest seines Taschengeldes.

Er nimmt den Cent und wirft ihn auf ein schwarzes Feld, doch das Geldstück bleibt weder liegen noch rollt es über den Boden, sondern verschwindet einfach. Felix wird auf einmal klar, dass die schwarzen Felder gar keine Felder sind, sondern Löcher! Also darf man vielleicht nur auf die weißen Felder treten?

Er nimmt ein Taschentuch aus der Packung, knüllt es zu einer Kugel zusammen und wirft es auf ein weißes Feld.

Ein grellblauer Blitz zuckt von der Decke des Raums auf das Feld. Das Papier fängt sofort Feuer und verbrennt in wenigen Sekunden, bis nicht einmal mehr Asche übrig ist.

»Oh!«, meint Bargel. »Gut, dass du mich davon abgehalten hast, den Raum zu betreten.«

»Ich weiß, wie es geht«, behauptet Thorax.

Ehe Felix ihn daran hindern kann, breitet er seine Flügel aus, hebt ab und fliegt quer durch den Raum. Auf der anderen Seite landet er am Ausgang.

»Seht ihr, es ist ganz einfach!«, ruft der Dämon.

»Für dich vielleicht«, meint Bargel. »Aber wir anderen können leider nicht fliegen.«

»Vielleicht kann uns Thorax ja hinübertragen«, schlägt Felix vor.

Nachdem sie ihn darum gebeten haben, fliegt der Dämon zurück zu ihnen. Doch als Bargel sich mit seinen Tentakeln an ihm festkrallt und Thorax wie wild mit seinen Flügeln schlägt, kommen sie nicht von der Stelle.

»Du bist zu schwer!«, stellt der Dämon fest.

»Nein, du bist zu schwach!«, widerspricht das Tentakelschwein.

»Noch so eine Frechheit und ich werfe dich in den Raum! Dann werden wir ja sehen, wer hier schwach ist.«

»Geht das schon wieder los?«, meint Lysia. »Statt euch zu zanken, solltet ihr lieber darüber nachdenken, wie wir den Boden überqueren können, ohne geröstet zu werden oder in ein Loch zu fallen.«

»Ich weiß jedenfalls, wie *ich* durch diesen Raum komme«, sagt der Dämon. Erneut breitet er seine Flügel aus und flattert auf die andere Seite.

»Kannst du nicht auch einfach hinüberfliegen?«, fragt Felix Lysia. »Du kannst dich doch in jedes beliebige Wesen verwandeln.«

»Nein«, widerspricht sie. »Ich kann zwar das Aussehen eines anderen Wesens annehmen, aber das heißt noch lange nicht, dass ich dasselbe kann. Manche Formen kann ich gut imitieren, so wie deine zum Beispiel, bei anderen ist es schwieriger. Ich könnte zwar so aussehen wie Thorax, doch fliegen kann ich leider nicht.«

»Es muss einen anderen Weg geben«, überlegt Felix laut. »Es muss einfach! Wer immer diesen

Tempel entworfen hat, konnte ja nicht wissen, was für Wesen an dem Spiel teilnehmen würden. Wenn nur welche mit Flügeln gewinnen könnten, wäre das unfair.«

»Wer hat denn jemals behauptet, dass die *Galactic Games* fair sind?«, fragt Bargel.

»Es muss so sein, dass bestimmte Platten gefahrlos betreten werden können und andere nicht«, setzt Felix seine Überlegungen fort. »Nur leider wissen wir nicht, welche.«

»Vielleicht können wir es irgendwie ausprobieren«, meint Lysia. »Hast du noch mehr von den Papierkugeln?«

Felix betrachtet die Packung in seiner Hand. Es sind nur noch drei Taschentücher übrig. Das reicht kaum, um einen sicheren Weg durch den Raum zu finden. Außerdem ist es nicht einfach, mit den zusammengeknüllten Taschentüchern genau genug zu zielen. Trotzdem versucht er es, formt eines der Taschentücher zu einer Kugel und wirft sie in den Raum. Die Papierkugel trifft eines der schwarzen Felder, verschwindet jedoch nicht, sondern prallt davon ab, rollt über das Feld und bleibt auf einem angrenzenden weißen liegen, wo sie prompt von einem Blitz getroffen wird und verbrennt.

»Also sind nicht alle schwarzen Felder Löcher«, stellt Bargel fest.

»Ja, und vielleicht schlägt auch nicht auf allen weißen Feldern der Blitz ein«, ergänzt Felix. »Aber wir wissen immer noch nicht, welche Felder sicher sind, außer dem einen schwarzen, doch das ist zu weit weg, um es zu erreichen.«

»Schade, dass wir keinen Konfeitü haben«, meint Bargel.

»Was hast du gerade gesagt?«, fragt Felix erstaunt.

»Ich sagte: ›Schade, dass wir keinen Konfeitü haben.‹ Das ist eine fliegende Scheibe, auf der man sitzen kann und die einen überallhin trägt. Auf unserem Planeten hat jeder so was. Aber zu den *Games* darf man ja leider keine technischen Hilfsmittel mitbringen.«

»Das ist es!«, ruft Felix aus.

»Was denn?«, fragt Bargel.

»Konfetti! Wir machen einfach Konfetti aus den Papiertüchern!«

»Wie willst du denn daraus ein Fluggerät herstellen?«, erkundigt sich Bargel.

»Kein Fluggerät. Konfetti sind einfach bloß Papierschnipsel.« Während er es erklärt, reißt er die Papiertücher so klein, wie es geht.

»Und was soll uns das nützen?«, will Bargel wissen.

»Thorax!«, ruft Felix anstelle einer Antwort. »Komm bitte noch mal her!«

»Was ist denn jetzt wieder?«, ruft der Dämon genervt. »Habt ihr die Lösung immer noch nicht gefunden? Ich gehe dann schon mal vor.«

»Nein! Du musst uns helfen!«

»Ich hab doch schon gesagt, ihr seid zu schwer. Tut mir leid, aber ich mache ab hier alleine weiter. Ihr behindert mich bloß. Kommt nach, wenn ihr rausgefunden habt, wie ihr den Raum durchqueren könnt!«

»Halt! Warte, Thorax! Du musst …«, ruft Felix, doch der Dämon ist schon im Gang auf der anderen Seite verschwunden.

»So ein Mist!«, sagt er. »Dabei hatte ich die Lösung doch schon …«

»Was wolltest du denn von Thorax?«, fragt Lysia.

Felix hält ihr die Handvoll Taschentuch-Konfetti hin. »Ich wollte, dass er diese Schnipsel überall im Raum verstreut. Dann hätten wir sehen können, auf welchen Feldern sie liegen bleiben und wo sie im Boden versinken oder von Blitzen getroffen werden. Aber so ist das sinnlos, denn Konfetti kann man leider nicht sehr weit werfen.«

Er holt aus, um die nutzlosen Schnipsel in den Raum zu schleudern, doch Lysia fasst ihn am Arm.

»Halt, warte noch! Du willst die Schnipsel überall im Raum verteilt haben?«

»Ja.«

»Nichts leichter als das!«

Vor seinen Augen verwandelt sich das Mädchen, das Dilara ähnelt, in ein seltsames Objekt. Es sieht aus wie eine riesige Blume mit roten Blättern und einem großen blauen Blütenkelch. Das goldene Stirnband, mit dem Lysia mit ihnen kommunizieren kann, ist jetzt um den Stängel unterhalb des Kelchs gewickelt.

»Wirf die Schnipsel einfach in meinen Blütenkelch!«, hört Felix ihre Stimme.

Er befolgt die Anweisung. Im nächsten Moment schließt sich die Blüte, dann ertönt ein schnaubendes Geräusch und die Papierschnipsel werden mit hoher Geschwindigkeit aus der Öffnung geblasen. Langsam sinken sie überall im Raum herab wie Schneeflocken. Kurz darauf gibt es eine Art Gewitter, als Dutzende Blitze zucken.

Nachdem es zu blitzen aufgehört hat, kann man erkennen, dass auf drei weißen und vier schwarzen Feldern noch Papierschnipsel liegen.

»Was ist das denn für eine Pflanze?«, fragt Felix.

»Eine Pusteblume, was sonst?«, erwidert Lysia, bevor sie sich wieder in eine menschliche Gestalt verwandelt.

»Ich dachte, du kannst nur das Aussehen von anderen Wesen imitieren und nicht ihre Fähigkeiten.«

»Meistens schon. Aber pusten ist nicht so schwierig.«

Vorsichtig hüpfen die drei von Feld zu Feld, was gar nicht so einfach ist, weil die sicheren Felder nicht direkt nebeneinanderliegen. Einmal fällt Bargel fast in ein schwarzes Loch. Felix kann ihn gerade noch bei einem seiner Tentakel packen. Doch schließlich erreichen sie wohlbehalten den Ausgang auf der anderen Seite des Raums.

Dahinter liegt ein dunkler Gang. Von Thorax ist keine Spur zu sehen.

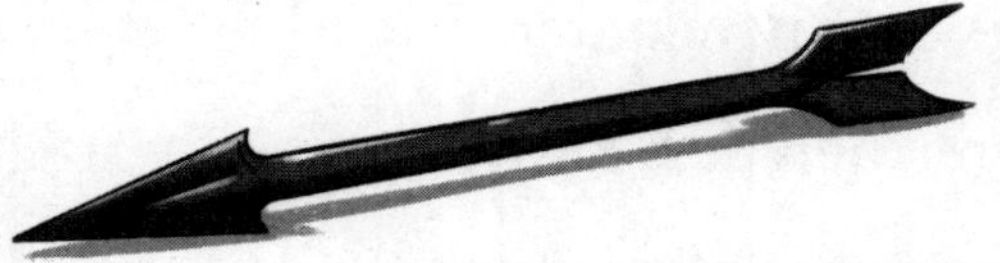

Der Schatten

Der finstere Gang verläuft ein Stück geradeaus, macht dann einen Knick nach rechts und biegt kurz darauf wieder nach links ab. Felix blickt zurück, doch der Weg hinter ihnen hat sich nicht verändert. Es scheint, als wäre dies nur ein ganz normaler Gang und nicht einer, der sich von selbst verwandelt, wenn man die Richtung wechselt.

Nach einer Weile hören sie aus der Ferne ein Ächzen und Stöhnen. Kurz darauf sieht Felix ein weißes Leuchten am Ende des Gangs, der in einen hellen Raum zu führen scheint. Als sie sich nähern, wird das Stöhnen lauter.

Sie erreichen den Eingang einer würfelförmigen Kammer mit weißen, leuchtenden Wänden, die ungefähr so groß ist wie der Schachbrettraum. In der Mitte liegt Thorax keuchend auf dem Boden. Seine rote Haut hat überall blassgraue Flecken,

als sei sie mit Schimmel überwuchert, und seine Flügel hängen schlaff herab. Er scheint kaum die Kraft zu haben, den Kopf zu heben.

»Thorax!«, ruft Lysia erschrocken aus. »Was ist denn mit dir passiert?«

»Kommt … nicht … näher!«, ächzt der Dämon. »Aus diesem … Raum gibt es kein … Entkommen!«

Felix beugt sich vor und betrachtet den weiß leuchtenden Boden. Er besteht anscheinend ebenso wie die Wände und die Decke aus Glas, hinter dem sich eine leuchtende Fläche befindet. So als sei der ganze Raum eine einzige große Lampe.

»Was ist geschehen?«, fragt Bargel.

»Der Schatten … er hat mir eine Frage … gestellt. Ich habe sie … falsch … beantwortet. Er hat … mich vergiftet.« Der Dämon zeigt mit seinem kraftlosen Arm auf einen kleinen schwarzen Pfeil, der neben ihm auf dem Boden liegt. »Ich … werde bald … sterben. Kehrt um … solange ihr es … noch könnt!«

»Hier wird nicht gestorben!«, widerspricht Bargel.

Bevor Felix ihn warnen kann, rennt Bargel auf seinen kurzen Beinen zu Thorax und betastet dessen Körper mit seinen Tentakeln.

»Er … er ist sehr krank«, sagt Bargel mit trauriger Stimme.

Vorsichtig betritt Felix den Raum. Zumindest trifft ihn kein Blitz und er versinkt auch nicht im Boden. Doch als Lysia ihm folgt, verschwindet der Eingang plötzlich, als sei er nie da gewesen.

Dafür erscheint auf einmal eine schwarze Gestalt an einer der Wände wie ein riesiger Schatten. Sie ist schmal und hochgewachsen und erinnert Felix mit ihren violett leuchtenden Augen auf unheimliche Weise an einen Enderman aus *Minecraft*. Nur dass sie völlig flach ist und vier Arme mit jeweils zwei

Gelenken hat, die sie in langsamen, winkenden Gesten bewegt.

»Ich bin hier, ich bin nicht da«, erklingt eine heisere Stimme. »Man sieht mich und kann mich nicht sehen. Was bin ich?«

»Antwortet … nicht«, warnt Thorax. »Wenn ihr … das Falsche … sagt, ergeht es … euch wie mir.«

Als Felix näher an das Wesen herantreten will, verschwindet es und taucht an der gegenüberliegenden Wand auf. »Du kannst mich berühren, aber nicht fassen«, sagt es, wie um ihn zu verhöhnen. »Was bin ich?«

Er betastet die Wand an der Stelle, an welcher der seltsame Schatten eben noch war. Kann es sein, dass das Wesen außerhalb des Raums ist und seinen Schatten auf die Glaswand wirft? Aber wieso hat es dann leuchtende Augen?

»Was hast du geantwortet?«, fragt Bargel, der sich immer noch besorgt über den Dämon beugt.

»Ich … habe … Schatten … gesagt«, stöhnt Thorax.

»Das hätte ich auch geraten«, meint Bargel.

»Ich bin hier, ich bin nicht da«, fängt das Wesen wieder an. »Man sieht mich und kann mich nicht sehen. Was bin ich?«

»Ein Geist vielleicht?«, vermutet Lysia. Rasch fügt sie hinzu: »Nein! Das war keine Antwort! Ich wollte bloß …«

Doch es ist zu spät. Aus einem kleinen Loch, das plötzlich in der leuchtenden Wand neben ihr erscheint, schießt ein schwarzer Pfeil hervor und trifft sie in die Brust. Sie stößt einen schrillen, unmenschlichen Schrei aus. Ihre Mädchengestalt zerfließt zu einem graubraunen Haufen, der sehr unappetitlich aussieht.

»Lysia!«, ruft Felix entsetzt.

»Oh … mir ist so schlecht …«, stöhnt das, was von Lysia noch übrig ist. »Ich … glaube, ich … sterbe!«

»Du kannst mit mir rechnen, aber nicht auf mich zählen«, höhnt das Wesen. »Was bin ich?«

»Ich … ich glaube, wir sollten … am besten gar nichts mehr sagen«, stammelt Bargel mit zittriger Stimme. Er wirft dem Wesen an der Wand mit seinen Stielaugen einen ängstlichen Blick zu.

»Wir müssen das Rätsel lösen, sonst kommen wir nie mehr aus diesem Raum heraus«, stellt Felix fest. »Wir haben nur noch zwei Versuche.«

Er geht auf die andere Seite der Kammer und versucht erneut, das Wesen anzufassen. Wieder verschwindet es einfach und erscheint an der

Wand links von ihm. Und wieder sagt es: »Du kannst mich berühren, aber nicht fassen. Was bin ich?«

Felix kneift die Augen zusammen und denkt angestrengt nach. Was immer die Lösung des Rätsels ist, sie muss für alle, die sich in diesen Raum verirren, gleich sein. Also scheiden irgendwelche Wortspiele, die nur in irdischer Sprache funktionieren, aus. Schatten gibt es auf jedem Planeten und viele Aliens scheinen zumindest zu wissen, was Geister sind. Was ist noch so universell, dass jegliche Lebensform es kennt? Und was könnte erklären, warum das Wesen flach ist und sich so schnell von einer Seite des Raums zur anderen bewegen kann?

Etwas regt sich in Felix' Hinterkopf. Es hat mit dem Aussehen des Wesens zu tun. Wie ein Enderman aus *Minecraft* …

Plötzlich ist ihm die Lösung klar.

»Du bist …«, sagt er laut.

»Nein!« Bargel macht einen Satz, umschlingt Felix' Kehle mit einem Tentakel und stopft ihm den anderen in den Mund, sodass er keine Luft mehr bekommt. »Du darfst nicht antworten, sonst wirst du auch vergiftet!«

Verzweifelt versucht Felix, sich zu befreien, doch der Griff der Tentakel ist zu fest.

»Was hast du denn?«, fragt Bargel. »Hör auf zu zappeln, ich tu dir doch nichts!«

Felix' Lunge brennt regelrecht. Bargel erwürgt ihn und merkt es anscheinend gar nicht. Doch wie soll er ihm mitteilen, dass er keine Luft mehr bekommt?

Verzweifelt tippt er auf seinen Mund und seine Nase, dann zeigt er auf seine Lunge und verdreht schließlich die Augen.

Bargel sieht ihn mit seinen Stielaugen an, dann lockert er den Griff des einen Tentakels, während er den anderen aus Felix' Mund nimmt.

»Atmest du etwa durch den Mund?«, fragt er, als Felix röchelnd zu Boden sinkt und nach Luft schnappt. »Das wusste ich nicht. Tut mir leid. Ich wollte bloß verhindern, dass du die falsche Antwort gibst.«

»Schon … gut«, keucht Felix. »Ich … flüstere es dir … ins Ohr.«

»Was ist denn ein Ohr?«, will das Tentakelschwein wissen.

Als Felix auf seine Ohren tippt, sagt Bargel: »Tut mir leid, so etwas habe ich nicht. Ich nehme Schallwellen mit der Haut wahr.«

»Und diese Antennen, die aus deinem Kopf wachsen?«, fragt Felix, nachdem er wieder einigermaßen Luft bekommt. »Wozu sind die da?«

»Die sind einfach nur … hübsch«, erwidert Bargel und klingt dabei ein bisschen nervös. »Oder etwa nicht?«

»Doch, doch, sehr hübsch, wirklich«, versichert ihm Felix rasch. »Aber wie kann ich dir dann erklären, wie meine Antwort lautet, ohne sie laut zu sagen?«

»Ich bin hier, ich bin nicht da«, beginnt das schattenhafte Wesen erneut. »Man sieht mich und kann mich nicht sehen. Was bin ich?«

»Ich fürchte, wir müssen riskieren, dass ich falschliege«, meint Felix. »Also, bitte würge mich nicht wieder, okay?«

»Okay«, sagt Bargel unsicher.

Felix blickt dem Schatten direkt in die violetten Augen. »Du bist ein Computerprogramm.«

Der Schatten starrt ihn mit seinen leuchtenden Augen an. Felix wartet darauf, dass jeden Moment

ein Giftpfeil aus der leuchtenden Wand geschossen kommt, doch nichts geschieht.

»Echt jetzt?«, fragt der Schatten nach einem Moment und es klingt, als sei er verblüfft. »Ich bin ein Computerprogramm? Du meinst, eine Software?«

»Ja«, bestätigt Felix. »Die Wände dieses Raums sind große Bildschirme. Du … ich meine, die Gestalt, die wir von dir sehen und die Thorax für einen Schatten gehalten hat, ist nichts als eine Projektion.«

»Hm«, macht der Schatten. »Könnte schon sein. Das würde jedenfalls erklären, warum ich nie aus diesem Raum entkommen kann. Danke! Du hast mir sehr geholfen. Endlich weiß ich, was ich bin!«

»Äh, schön. Könntest du jetzt vielleicht die Türen öffnen, damit wir diesen Raum verlassen können?«

»Nein! Jetzt, wo du mir gesagt hast, was ich bin, möchte ich, dass ihr hierbleibt. Dann habe ich endlich jemanden zum Reden. Du scheinst ziemlich klug zu sein. Ich möchte noch mehr von dir lernen!«

Na toll. Das hat ja wirklich ganz großartig funktioniert!

»Wenn du uns nicht gehen lässt, werden wir in diesem Raum sterben«, argumentiert Felix.

»Unsinn«, widerspricht der Schatten. »Computerprogramme sterben doch nicht.«

»Wir sind aber keine Computerprogramme. Wir sind echte, lebendige Wesen!«

»Wirklich? Beweise es!«

Felix denkt nach. Wie kann er beweisen, dass er kein Computerprogramm ist? Er muss daran denken, was Bargel ihm gesagt hat: dass das Universum künstlich ist. Wer weiß, vielleicht *ist* er ja in Wirklichkeit ein Computerprogramm! Es fühlt sich zwar nicht so an, aber der Schatten wusste schließlich auch nicht, dass er nur eine Software ist.

»Das kann ich nicht«, gibt Felix zu. »Aber du kannst ja selbst sehen, dass meine Freunde hier leiden.« Er zeigt auf den röchelnden Thorax und den matschigen Haufen, der von Lysia übrig ist. »Ich bitte dich, öffne die Tür!«

»Wow!«, meint der Schatten. »Noch nie hat jemand Bitte zu mir gesagt! Die anderen, die vorhin hier waren, haben mir nicht mal meine Frage beantwortet. Sie haben damit gedroht, die Wände des Raums einzuschlagen, wenn ich sie nicht rauslasse. Daraufhin habe ich Giftpfeile auf sie abgeschossen, aber das hat nicht funktioniert: Eines der Wesen war so schnell, dass es allen Pfeilen ausweichen konnte, das zweite konnte ich auf einmal nicht mehr sehen, das dritte hatte einen dicken Panzer, von dem der Pfeil einfach abgeprallt ist, und beim vierten hat das Gift nicht gewirkt. Da habe ich es mit der Angst bekommen und mich ergeben. Ihr seid viel netter als diese Typen! Deshalb will ich dir deinen Wunsch erfüllen.«

Ein Durchgang erscheint in der Wand auf der anderen Seite des Raums. Doch Lysia und Thorax sind zu schwach, um sich zu bewegen.

»Weißt du, wo wir ein Gegengift finden?«, fragt Felix den Schatten.

»Nein«, antwortet dieser.

»Geht … ohne uns … weiter«, seufzt Lysia. »Vielleicht … schafft ihr … es ja. Viel … Glück!«

Traurig betrachtet Felix die beiden sterbenden Aliens. Er muss daran denken, dass mit ihnen womöglich auch die Welten ausgelöscht werden, von denen sie stammen. Das darf nicht passieren!

»Wir … wir kommen wieder!«, verspricht er. »Es muss irgendwo ein Gegengift geben oder einen

Heiltrank oder so. Das ist in Computerspielen eigentlich immer so.«

»Haltet durch!«, fügt Bargel hinzu. »Wir sind gleich zurück!«

Ob sie dieses Versprechen wirklich einlösen können, weiß Felix nicht. Mit schweren Schritten verlässt er zusammen mit Bargel den Raum und tritt erneut in einen finsteren Gang.

Noch mehr Knöpfe

Bald stoßen sie auf eine Gabelung. Im schwachen Licht, das aus dem hellen Raum dringt, erkennt Felix zwei Symbole, die links und rechts in die Steinwände graviert sind:

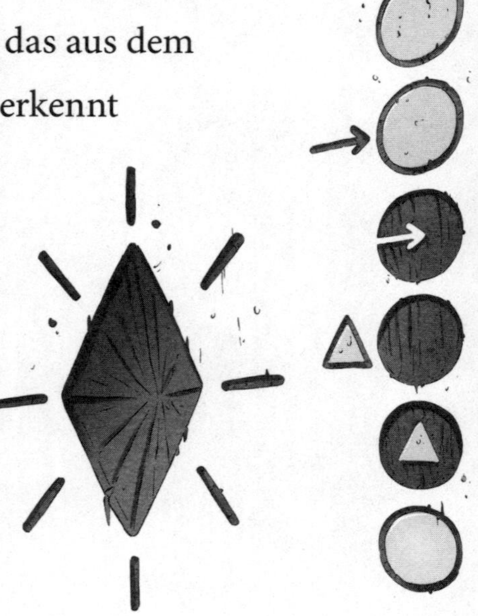

Aufgeregt zeigt Bargel auf das linke Symbol.

»Das muss das Zeichen für den Quantenkristall sein!«, ruft er. »Los, lass uns den linken Gang nehmen!«

»Aber was bedeuten die Symbole rechts?«, fragt Felix.

»Weiß ich nicht. Ist doch egal!«

Felix betrachtet die Zeichen eine Weile.

»Wir sollten nach rechts gehen«, sagt er.

»Was? Warum das denn?«

»Schau dir das Bild rechts mal genau an. Der erste Kreis ist hell. Neben dem zweiten Kreis ist ein Pfeil. Dann scheint der Pfeil in den Kreis einzudringen und er wird dunkel. Erinnert dich das nicht an irgendwas?«

»Du denkst, das hat was mit den Giftpfeilen zu tun, die der Schatten abgeschossen hat?«

»Ja, genau. Vielleicht bedeutet ein heller Kreis ein gesundes Wesen und ein schwarzer ein vergiftetes.«

»Und was soll dann das Dreieck bitte schön bedeuten?«

»Das muss das Gegengift sein. Siehst du? Hier ist es in dem schwarzen Kreis und danach ist er wieder weiß.«

»Kann schon sein«, stimmt Bargel zu. »Aber links geht es zum Quantenkristall! Holen wir ihn uns erst und kehren dann zurück, um nach dem Gegengift zu suchen.«

»Glaubst du wirklich, dass das so einfach wird, Bargel? Vergiss nicht, dass hier irgendwo die Unbesiegbaren Helden herumlaufen. Wenn wir auf die treffen, haben wir nur als komplettes Team eine Chance, da bin ich sicher.«

»Na gut«, stimmt Bargel zu.

Sie gehen also nach rechts. Der Gang endet bald in einem kleinen, quadratischen Raum mit grauen Steinwänden, an denen Fackeln hängen.

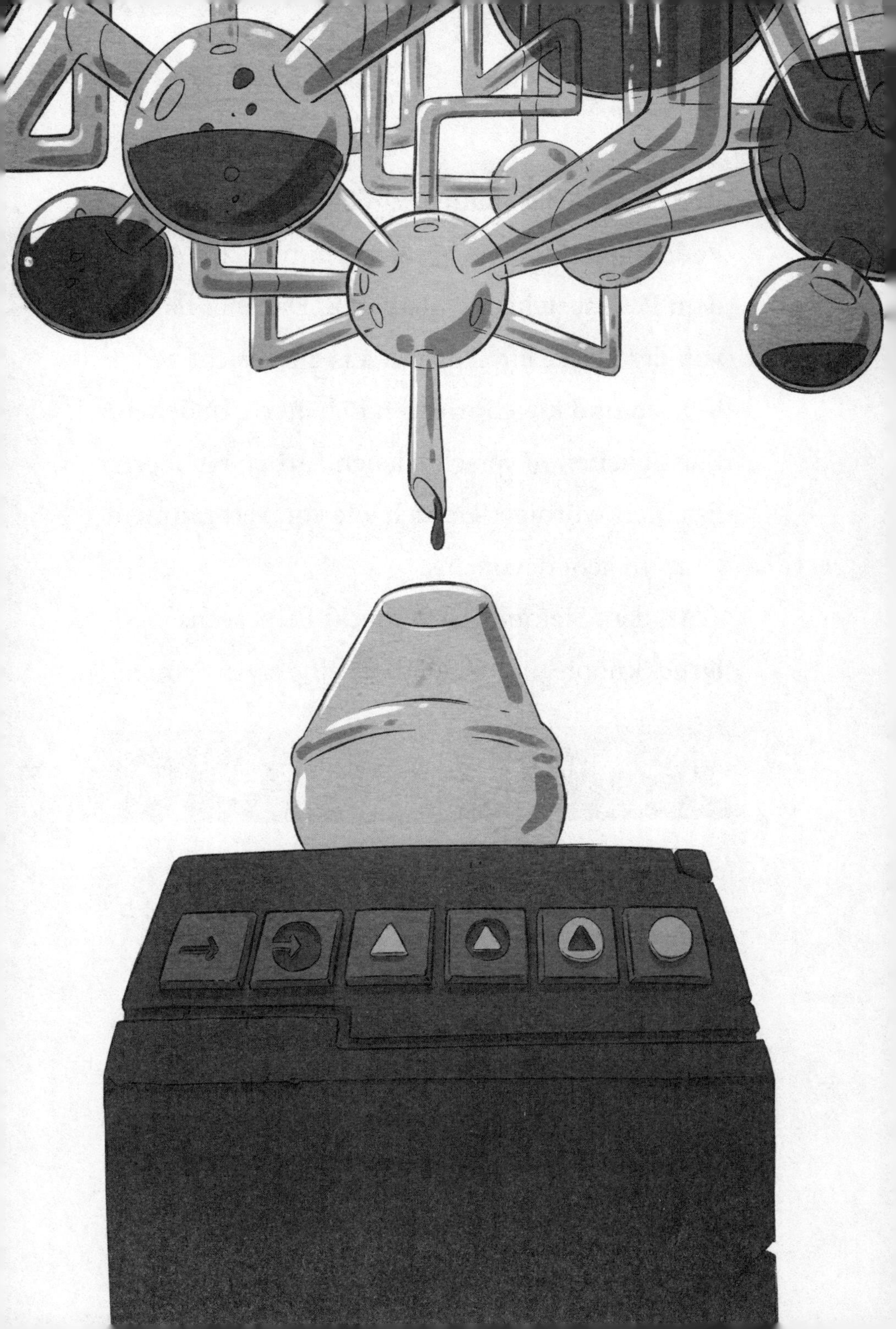

In der Mitte des Raums ragt ein steinernes Podest auf, das Felix bis zum Kinn reicht. Auf dem Podest steht ein Glasgefäß. Darüber hängt von der Decke ein Apparat aus durchsichtigen Röhren und kugelförmigen Behältern, in denen Flüssigkeiten in verschiedenen Farben blubbern. Ein merkwürdiger Geruch wie von verbranntem Gummi geht davon aus.

An dem Steinpodest entdeckt Felix sechs Druckknöpfe, in die Symbole eingraviert sind:

»Was soll denn das jetzt schon wieder bedeuten?«, fragt Bargel.

»Vielleicht müssen wir die Knöpfe erneut in der richtigen Reihenfolge drücken«, vermutet Felix.

»Kann sein. Oder wir müssen den richtigen Knopf drücken. Vielleicht stellt dieser Apparat unterschiedliche Flüssigkeiten her und wir müssen eine davon auswählen.«

Felix nickt. »Da hast du wahrscheinlich recht, Bargel. Aber welcher Knopf ist der richtige?«

»Der erste jedenfalls nicht«, meint Bargel. »Das ist das Symbol für den Giftpfeil, also produziert die Maschine vermutlich das Gift, wenn man diesen Knopf drückt.«

»Wenn das stimmt, dann müssen wir vielleicht den letzten Knopf drücken. Der weiße Kreis steht doch für einen gesunden Körper, oder nicht?«

»Kann sein.«

Felix drückt auf den Knopf mit dem weißen Kreis. Die Maschine fängt an zu zischen und zu brodeln. Schließlich tropft eine klare, farblose Flüssigkeit in das Glas. Sobald es gefüllt ist, nimmt Felix das Gefäß behutsam von dem Podest. Er riecht daran.

»Hm. Riecht nach nichts.«

Bargel taucht vorsichtig die Spitze eines Tentakels in das Gefäß. »Das … das ist gewöhnliches Wasser«, meint er.

»Wasser?«, fragt Felix. »Bist du dir sicher?«

»Natürlich bin ich mir sicher. Mit meinen Tentakeln kann ich die chemische Zusammensetzung von allem erspüren, was ich berühre. Das ist definitiv reines Wasser. Ist ja auch eigentlich logisch: Die meisten Lebewesen bestehen hauptsächlich aus Wasser.«

Vorsichtig nimmt Felix, der großen Durst hat, einen Schluck. Die Flüssigkeit schmeckt tatsächlich wie Wasser.

»Also war das der falsche Knopf«, stellt er fest. »Aber welcher ist der richtige?«

»Dieser vielleicht?«, meint Bargel und tippt auf den dunklen Kreis mit dem weißen Dreieck in der Mitte.

»Könnte sein«, antwortet Felix. »Aber andererseits … wenn das Pfeilsymbol für das Gift steht und der runde Kreis für einen gesunden Körper, dann müsste das Dreieck für das Gegengift stehen. Also müsste der dritte Knopf richtig sein.«

Bargel fährt sich mit seinen Tentakeln durch die Antennenauswüchse an seinem Kopf.

»Also gut«, stimmt er zu. »Probieren wir es aus.«

Er drückt den dritten Knopf. Wieder brodelt und zischt die Apparatur und dieses Mal tropft eine grünliche Flüssigkeit in das Gefäß.

»Igitt!«, sagt Felix, als er daran riecht. Das grüne Gebräu stinkt wie faule Eier.

»Riecht doch lecker!«, widerspricht ihm Bargel. Er steckt einen Tentakel hinein, zieht ihn jedoch

schnell wieder heraus. »Bääh! Schmeckt aber eklig!«

»Dann ist es vielleicht das Richtige«, meint Felix. »Gute Medizin schmeckt meistens eklig.«

Rasch kehren sie zu dem Raum mit den leuchtenden Wänden zurück. Thorax liegt reglos da. Die grauen Flecken auf seiner Haut haben sich ausgebreitet. Der Haufen, der Lysia ist, scheint geschrumpft zu sein und sieht wie eingetrocknet aus. Hoffentlich ist es noch nicht zu spät!

Felix beugt sich über Thorax und kippt ihm die Hälfte der Flüssigkeit in den Mund.

Nichts geschieht.

»So ein Mist!«, ruft Felix. »Wir haben uns geirrt. Komm, schnell zurück zu dem Apparat!«

Die beiden hasten aus dem Raum bis zur Abzweigung und wenden sich nach rechts. Doch der

Gang endet nach ein paar Schritten in einer Sackgasse. Dort, wo vorher der Durchgang in die Kammer mit der Maschine war, ist jetzt eine Wand.

»Oh nein!«, stöhnt Felix. »Offenbar kann man nur ein Gefäß aus dem Raum mitnehmen! Was machen wir denn jetzt?«

»Uns bleibt nichts anderes übrig, als in die andere Richtung zu gehen und zu zweit zu versuchen, den Quantenkristall zu finden«, meint Bargel.

Sie kehren zur Abzweigung zurück. Felix wirft noch einen letzten, traurigen Blick zurück zu dem hellen Licht, das von dem leuchtenden Raum in den Gang fällt.

Auf einmal zuckt er zusammen. Hat er sich getäuscht oder war da eine Bewegung? Nein, tatsächlich: Eine Gestalt verdunkelt den Eingang zur Kammer.

Beunruhigt betrachten Felix und Bargel das Wesen, von dem sie nur die dunklen Umrisse erkennen können. Es kommt mit langsamen, schwankenden Schritten auf sie zu.

»Thorax?«, fragt Felix.

»Ja … ich … bin es«, sagt der Dämon. »Ich … fühle mich … schwach …«

Felix stößt einen Freudenschrei aus. Er rennt den Gang entlang, drängt sich an Thorax vorbei und stürmt in den leuchtenden Raum. Da er in dem matschigen Haufen keinen Mund erkennen kann, gießt er den Rest der Flüssigkeit einfach darüber.

Zunächst geschieht nichts. Doch nach einer Weile fängt der Haufen an, sich zu bewegen und Beulen und Blasen zu werfen, als werde er gekocht. Die graubraune Farbe verwandelt sich allmählich in ein halb transparentes Grün. Schließlich bildet sich aus dem Haufen eine säulenförmige Gestalt, die so aussieht wie Lysia, als Felix sie das erste Mal auf der Lichtung im blauen Wald sah.

»Lysia!«, ruft er erfreut aus. »Bist du okay?«

»So … würde ich es … nicht ausdrücken«, hört er ihre keuchende Stimme. »Aber … ich lebe noch. Dank dir. Du hast mich gerettet!«

»Kommt mich mal wieder besuchen«, sagt der Schatten. »Ich möchte unbedingt rausfinden, wie es ist, kein Computerprogramm zu sein!«

»Mal sehen«, meint Felix, der garantiert nicht vorhat, noch einmal einen Fuß in diesen verdammten Tempel zu setzen, sofern er es lebend herausschafft.

Das ist nur ein Traum, sagt er sich. Doch irgendwie klingt das immer weniger überzeugend.

Der Quantenkristall

Zu viert kehren sie zurück zu der Weggabelung. Dort wenden sie sich nach links. Es dauert nicht lange, bis in der Ferne ein bläuliches Leuchten zu sehen ist. Als sie sich dem Licht nähern, erkennen sie, dass der Gang in absoluter Schwärze endet, so als würde an dieser Stelle die Welt enden. Vor ihnen schwebt in ein paar Metern Entfernung ein bläulich leuchtender Kristall in der Finsternis, der oben und unten spitz zuläuft – genau wie das Symbol, das in die Wand des Gangs eingeritzt war.

»Das muss der Quantenkristall sein«, vermutet Felix. »Aber wie kommen wir da ran?«

»Ganz einfach, wir gehen in den Raum und holen ihn uns«, erwidert Bargel und will einen Schritt in die Schwärze machen.

Erschrocken hält Felix ihn zurück.

»Nicht!«, ruft er aus. »Du würdest bloß ins Bodenlose stürzen!«

»Echt?«, wundert sich Bargel. »Wieso das denn? Na ja, wenn du meinst …«

»Thorax, bist du schon wieder fit genug, um zu dem Kristall zu fliegen?«, fragt Felix.

»Klar … bin ich das«, schnauft der Dämon. Es klingt nicht sehr überzeugend.

Aber er breitet seine Flügel aus, flattert damit, hebt ab und fliegt unsicher in den Raum.

»Nicht anfassen!«, ruft Felix ihm nach, doch es ist schon zu spät.

Der Dämon streckt seinen Arm nach dem Kristall aus … und greift hindurch. Noch einmal versucht er, den Kristall zu fassen, doch vergeblich.

»Hier ist … nichts!«, ruft er verwirrt.

Seine Flügelschläge werden hektischer, er sackt ab und Felix befürchtet, dass er in die bodenlose Tiefe stürzen wird. Doch stattdessen bleibt er neben dem Kristall scheinbar im Nichts stehen.

Felix blinzelt ein paarmal verwirrt, dann kniet er sich hin und tastet mit der Hand vorsichtig in die Schwärze.

»Dieser Raum hat ja doch einen Boden«, stellt er verblüfft fest. Der Untergrund fühlt sich rau und weich zugleich an wie eine dünne Matratze, aber doch fest genug, um darauf zu gehen.

»Ja klar«, meint Bargel.

»Für mich sieht es so aus, als wäre hier nur absolute Schwärze.«

»Das liegt daran, dass das Material, aus dem Boden, Decke und Wände dieses Raums bestehen, überhaupt kein Licht reflektiert«, erklärt Lysia.

»Woher wusstest du denn, dass es ein ganz gewöhnlicher Raum ist, Bargel?«, fragt Felix.

»Ich habe es gehört«, erwidert das Tentakelschwein.

»Gehört?«, erkundigt sich Felix verdutzt.

»Ja. Die Wände reflektieren zwar kein Licht, aber Schall. Auf meinem Heimatplaneten leben wir in Höhlen und orientieren uns in der Dunkelheit, indem wir hin und wieder kurze Schreie ausstoßen. Vielleicht sind deine Schallwahrnehmungsorgane nicht empfindlich genug, um sie zu hören. Anhand der zurückgeworfenen Schallwellen kann ich die Umrisse des Raums und der Dinge darin spüren.«

»So wie eine Fledermaus?«, fragt Felix.

»Was ist das denn?«, fragt Bargel zurück.

»Ein Tier bei uns auf der Erde. Es kann fliegen und orientiert sich auch mithilfe von Schallwellen.«

»Schon möglich, dass diese Federlaus das so ähnlich macht wie ich«, erwidert Bargel.

»Kannst du einen zweiten Ausgang erkennen?«

Bargel steht einen Moment reglos da. »Nein. Aber … etwas ist merkwürdig an diesem Raum.«

»Was meinst du denn?«

»Ich … weiß auch nicht. Es ist … verwirrend. Irgendwas stimmt nicht mit den Schallechos, die ich wahrnehme.«

»Vielleicht liegt das auch an dem seltsamen Material, aus dem dieser Raum besteht«, spekuliert Lysia.

»Vielleicht.« Doch Bargel wirkt nicht überzeugt, wenn Felix das Wackeln seiner Stielaugen und seinen Tonfall richtig interpretiert.

»Und was machen wir jetzt?«, fragt Thorax.

Felix betritt vorsichtig den Raum. Während er sich dem Kristall nähert, stößt er mit dem Fuß gegen ein Hindernis. Als er es betastet, entpuppt es sich als rechteckiges Podest, über dem der Kristall schwebt.

Er streckt die Hand aus, um das leuchtende Objekt zu berühren, spürt jedoch nichts.

»Das muss ein Hologramm sein«, vermutet Felix. »Eine Projektion aus Licht.«

»Das habe ich auch schon gemerkt«, erwidert Thorax. »Offenbar ist das hier nur eine Ablenkung. Wir müssen den Ausgang aus diesem Raum finden und dann weitersuchen.«

»Kann sein«, meint Felix. »Aber was, wenn es

nicht so ist? Was, wenn das hier der echte Quantenkristall ist?«

»Du hast doch selbst gesagt, dass das nur eine Lichtprojektion ist.«

»Ja schon. Aber wir wissen doch gar nicht genau, was ein Quantenkristall eigentlich ist, oder? Vielleicht müssen wir diese Projektion irgendwie einfangen und aus dem Raum tragen.«

»Du könntest recht haben«, meint Lysia. »Licht besteht aus Photonen, die man auch als Lichtquanten bezeichnen kann. Ein Quantenkristall könnte also durchaus eine Lichtprojektion sein.«

»Wenn das hier der richtige Quantenkristall wäre, dann hätten die Unbesiegbaren Helden ihn bestimmt schon längst mitgenommen«, wendet Thorax ein.

»Vielleicht haben sie noch nicht rausgefunden, wie das geht«, vermutet Felix. »Immerhin haben sie auch die Truhe nicht öffnen können. Sie mögen sich für unbesiegbar halten, aber besonders clever scheinen sie nicht zu sein.«

Plötzlich erklingt ein Geräusch, als polterten in der Nähe schwere Steine einen Abhang hinunter.

»Was … was war das denn?«, fragt Bargel ängstlich.

Sie lauschen angestrengt, hören jedoch nichts mehr.

Felix kommt plötzlich eine Idee. Er holt den Spiegel aus der Tasche und hält ihn so, dass er den Kristall darin sehen kann. Statt des leuchtenden Gebildes erblickt er im Spiegel einen etwas kleineren Kristall aus dunklem Material, der von einem schwachen Glühen umhüllt wird. Er schwebt nicht in der Luft, sondern liegt auf dem Podest.

»Ich wusste es!«, ruft Felix aus. »Wir müssen

diesen leuchtenden Kristall irgendwie in einen festen Körper verwandeln. Lasst uns den Raum gründlich absuchen. Vielleicht finden wir einen verborgenen Knopf oder so.«

Die anderen stimmen zu. Gemeinsam tasten sie Boden und Wände ab, finden jedoch weder eine Erhebung oder Vertiefung noch einen Spalt, der auf eine Tür hindeuten würde.

Zum Schluss nimmt sich Felix noch einmal das Podest in der Mitte des Raums vor, über dem der Kristall schwebt.

»Hier!«, ruft er aus. »Ich habe etwas gefunden! Da sind Linien, die in das Material eingraviert sind …«

Er betastet die Gravur. Obwohl er sie nicht sehen kann, entsteht in seinem Kopf das Abbild einer Zeichnung, wobei er die Vertiefungen als dunkle Linien oder Flächen interpretiert.

»Könnt ihr diese Linien auch ertasten?«, fragt er.

»Ja«, meint Bargel, als er mit einem seiner Tentakel über das Podest gleitet. »Da ist ein heller Kristall, dann ein kleinerer dunkler, dann etwas, das wie eine Mischung aus beiden erscheint, und schließlich ein dunkler Kristall. Aber ich kann keine Druckknöpfe ertasten.«

»Ich auch nicht«, meint Felix. »Es scheint, als wäre dies eine Art Anleitung, wie wir den Kristall mitnehmen können.«

»Der helle Kristall muss die Lichtprojektion sein«, vermutet Lysia. »Aber was bedeutet das kleine schwarze Symbol?«

»Oh nein!«, ruft Felix aus. »Ich Idiot!«

»Was ist denn?«, fragt Bargel.

»Wir müssen zurück!«

»Zurück? Wohin denn?«

»Zu dem ersten Raum mit der Truhe. Das kleine schwarze Ding aus diesem Densidingsda-Material, das ich in der Truhe gefunden habe, hatte doch dieselbe Form wie dieser Lichtkristall. Ich wette, wir müssen ihn in die Lichtprojektion halten und so beides miteinander verschmelzen.«

»Stimmt, das könnte sein«, meint Lysia.

»Och nö!«, stöhnt Thorax. »Hätte ich das Densitronium mitnehmen dürfen, könnten wir dieses Problem jetzt lösen! Bloß weil ich auf dieses Dürrbein gehört habe …«

»Hör auf damit!«, sagt Lysia scharf. »Ohne Felix hätten wir nicht mal die Truhe öffnen können, geschweige denn den Weg hierher gefunden!«

»Blödsinn!«, widerspricht der Dämon. »Okay, er hatte ein paarmal die richtige Idee, doch das heißt noch lange nicht, dass wir allein nicht auch darauf gekommen wären. Womöglich hätte es ein bisschen länger gedauert, aber wir hätten es bestimmt geschafft. Nur weil wir auf den Neuen gehört haben, müssen wir jetzt den ganzen Weg noch mal zurück!«

»Es tut mir leid …«, sagt Felix, doch Lysia unterbricht ihn.

»Wenn wir nicht auf Felix gehört und das Densitronium zurück in die Truhe gelegt hätten, wäret Bargel und du euch doch bloß wieder an die Gurgel gegangen. Ihr hättet euch gegenseitig in Stücke gerissen, ehe wir überhaupt hierhergekommen wären.«

»Pah!«, macht der Dämon. »Wenn ihr euch nicht eingemischt hättet, dann hätte ich diesem Schwächling seine Tentakel verknotet, sodass er sie in zehntausend Zyklen nicht wieder entwirrt hätte. Ich bin schon lange der Meinung, dass ich ein viel besserer Anführer für dieses Team wäre.«

Bargel steht bloß stumm da. Ob er wütend ist, kann Felix nicht erkennen.

»Du?«, meint Lysia. »Dass ich nicht lache! Als du allein losgezogen bist, hast du es gerade mal bis zum nächsten Raum geschafft, wo du jämmerlich zugrunde gegangen wärst, wenn Felix und Bargel dich nicht mit dem Gegengift gerettet hätten. Wenn sie genauso selbstsüchtig wären wie du, wären wir beide jetzt tot!«

»Selbstsüchtig? *Ich?*«, schreit der Dämon. »So was lasse ich mir nicht sagen, schon gar nicht von so einem Wackelpudding wie dir, der nicht mal ein richtiges Aussehen hat!«

Lysia zuckt zusammen. Felix spürt, dass Thorax' Worte sie verletzt haben. Er will etwas sagen, um den Streit der beiden zu schlichten, doch er hat Angst, mit einem falschen Wort alles nur noch schlimmer zu machen.

»Du … du bist …«, zischt Lysia, doch Bargel unterbricht sie.

»Hört endlich auf zu streiten! Wir müssen nicht noch mal zurück.«

Alle sehen das Tentakelschwein verdutzt an.

»Nicht?«, fragt Felix. »Warum nicht?«

Bargels Stielaugen tanzen wie wild auf seinem Kopf und seine Antennen wedeln aufgeregt hin und her. Er greift mit einem seiner Tentakel in eine Hautfalte unterhalb eines anderen Arms und holt etwas hervor.

»Weil … also, äh … weil ich … weil ich das Densitronium mitgenommen habe.«

»Waaas?«, schreit Thorax. »Du … du Dieb!«

»Ja«, sagt Bargel. »Ich gebe es zu, ich bin ein Dieb. Statt das Densitronium in die Kiste zurückzulegen, habe ich einen Kaulakristall hineingeworfen, den ich zufällig dabeihatte.«

»Was ist denn ein Kaulakristall?«, fragt Felix.

»Etwas zu essen«, erwidert Bargel. »Schmeckt lecker nach Schwefel und Salzsäure. Ist ja auch egal. Ich … ich gebe zu, ich wollte das Densitronium heimlich aus dem Tempel schmuggeln. Es tut mir leid.« Er streckt den Tentakel in Richtung Thorax aus. »Hier, entscheide selbst, was du damit machen willst.«

Felix zuckt zusammen. Ausgerechnet dem jähzornigen Dämon das Densitronium zu geben, erscheint ihm keine gute Idee zu sein.

Thorax nimmt das kleine schwarze Objekt in eine Klaue und betrachtet es. Dann sieht er sich prüfend um, als überlege er, ob es noch einen anderen Weg aus dem Raum gibt – einen Weg, bei dem er das wertvolle Material behalten kann. Schließlich stößt er ein lautes Schnauben aus.

»Sei's drum!«, meint er und hält das Densitronium in die Lichtprojektion.

Das kleine schwarze Objekt bleibt in der Mitte der Projektion schweben, als Thorax seine Hand wegzieht. Eine Art Singsang ertönt. Der leuchtende Kristall wird heller, bis er so grell ist, dass Felix die Augen schließen muss. Eine Erschütterung wie ein Erdbeben ist zu spüren, dann verschwindet das gleißende Licht schlagartig.

Als er die Augen wieder öffnet, sieht Felix auf dem Podest einen schwarzen Kristall liegen – kleiner als die Lichtprojektion, aber deutlich größer als das Densitronium –, der von einem blassen bläulichen Leuchten umhüllt ist.

»Wir … wir haben es geschafft!«, ruft Bargel aus. »Wir haben den Quantenkristall gefunden!«

»Gute Arbeit!«, erklingt eine fremde weibliche Stimme. »Aber ich fürchte, jetzt, wo ihr die Aufgabe für uns gelöst habt, brauchen wir euch nicht mehr.«

Die Unbesiegbaren Helden

Felix starrt nach oben, woher er die Stimme gehört zu haben glaubt. Im jetzt nur noch schwachen Licht des Kristalls erkennt er eine Art Knäuel an der Decke des Raums, das vorher nicht da war.

Das Knäuel löst sich auf und wird zu vier Einzelgestalten, die von der Decke herabfallen und Team Tentakelfaust umringen.

Eines der Wesen sieht aus wie eine große schwarze Katze, die aufrecht geht. Ihr schlanker Kopf hat eine spitze Schnauze, über der zwei schräg

stehende, grün leuchtende Augen sitzen. Auf der Stirn trägt sie ein goldenes Band. Das zweite Wesen erinnert an einen Haufen Felsbrocken. Felix kann weder einen Kopf noch Gliedmaßen ausmachen, geschweige denn Augen. Doch ein metallisches Schimmern um einen der Felsen zeigt, dass es ebenfalls einen Kommunikator trägt. Der dritte Alien ähnelt einem sehr großen, biegsamen Blatt, das sich in langsamen Wellen bewegt. Auf der Oberfläche sind bunte Muster zu erkennen, die sich rasch verändern. Das vierte Wesen ist der achtbeinige Schjk.

»Oh nein!«, stöhnt Bargel. »Die … die Unbesiegbaren Helden!«

»Gut beobachtet, du Tentakelknoten!«, erwidert das Katzenwesen. »Möchte noch jemand etwas sagen, bevor wir euch töten?«

»Ihr habt uns die ganze Zeit beobachtet und einfach abgewartet, bis wir die Rätsel für euch lösen«, stellt Lysia fest. »Und jetzt wollt ihr uns umbringen und mit dem Quantenkristall aus dem Tempel spazieren? Habt ihr all eure anderen Siege auch auf eine so niederträchtige Art errungen?«

»Was du niederträchtig nennst, nenne ich Strategie«, sagt die Katze völlig ungerührt. »Und sie funktioniert, sonst wären wir nicht an der Spitze der Tabelle.«

»Ihr seid keine unbesiegbaren Helden, ihr seid widerwärtige Parasiten!«, brüllt Thorax. »Ich reiße dir den Kopf ab, du elende Betrügerin!«

»Ach ja, Flattermann? Das will ich sehen!«

Thorax stürzt sich auf die Katze, doch bevor er auch nur einen Schritt gemacht hat, ist sie verschwunden und steht plötzlich hinter ihm. Mit einer scharfen Kralle ritzt sie einen langen Riss in den Flügel des Dämons. Als dieser vor Schmerz aufbrüllt und wütend herumfährt, ist sie schon wieder woanders. Dieses Wesen ist unglaublich schnell!

Was war es noch, was der Schatten über die Unbesiegbaren Helden gesagt hat? Einer war so schnell, dass er dem Pfeil ausweichen konnte. Das muss die Katze gewesen sein. An dem zweiten ist der Pfeil einfach abgeprallt, das war sicher der wandelnde Geröllhaufen. Das dritte Wesen konnte sich unsichtbar machen – dabei muss es sich um das seltsame Blatt gehandelt haben. Vielleicht ist seine Haut wie die eines Chamäleons und passt sich dem Hintergrund an. Das vierte Mitglied, Schjk, war gegen das Pfeilgift immun.

Jetzt ist Felix auf einmal klar, was Bargel meinte, als er von merkwürdigen Echos sprach: Er muss die Anwesenheit der Feinde gespürt haben, ohne sie aber erkennen zu können. Schjk kann sehr gut klettern. Bestimmt hat er sich oben an die Decke geklammert, während sich die anderen an ihm festgehalten haben. Dann hat sich das Blatt einfach schwarz gefärbt, sodass man die vier nicht mehr sehen konnte.

Doch was sollen sie nun tun? Gegen einen unverwundbaren Geröllhaufen, ein unsichtbares Blatt und eine Katze, die so schnell ist, dass man ihre Bewegungen nicht einmal sehen kann, können sie kaum kämpfen, selbst wenn sie Waffen hätten. Lysia könnte sich zwar äußerlich in eines der Wesen verwandeln, doch sie wäre deshalb noch lange nicht blitzschnell oder unverwundbar. Sie könnte sich auf ähnliche Weise verbergen wie das Blatt, aber jetzt, da die Feinde wissen, dass sie hier ist, würde ihr das nicht viel nützen. Thorax ist der Stärkste in ihrem Team, aber sogar er hat gegen die Katze nicht die geringste Chance, wie sie gerade bewiesen hat. Bargel könnte mit seinen Tentakeln wohl auch nicht viel ausrichten. Und Felix selbst wäre in einem Kampf erst recht völlig hilflos.

»Schon gut, ihr müsst uns nicht töten«, meint Bargel. »Nehmt den Kristall. Ihr habt gewonnen.«

»Was?«, ruft Thorax. »Kommt gar nicht …«

Mehr kann er nicht sagen. Die Katze steht auf einmal hinter ihm und drückt ihm mit ihren scharfen Krallen die Kehle zu.

»Wolltest du etwas sagen?«, fragt sie gehässig.

Thorax würgt und keucht, bringt jedoch kein Wort heraus.

»Nimm den Kristall, Schjk!«, zischt die Katze.

Das achtbeinige Wesen streckt einen seiner Arme aus und umfasst den Kristall. Kaum hat es ihn von dem Podest gehoben, werden die Wände des Raums plötzlich hell. Auf der anderen Seite ist ein Durchgang entstanden.

»Na bitte«, meint die Katze und nimmt Schjk den Kristall ab. »Und jetzt töte sie!«

»Ich?«, fragt Schjk. »Aber … aber muss das denn wirklich sein?«

»Na klar muss das sein. Das sind doch Loser. Wenn wir sie am Leben lassen, folgen sie uns bloß und greifen uns bestimmt hinterhältig an.«

»Das werden wir nicht tun!«, sagt Bargel. »Ehrlich nicht!«

»Ich glaube dir nicht«, erwidert die Katze. »Und weißt du auch, warum? Wenn ich in deiner Situation wäre, würde ich genau dasselbe sagen. Aber es wäre eine Lüge.«

Fieberhaft überlegt Felix. Sie können nicht gegen die Unbesiegbaren Helden kämpfen, denn die mögen zwar keine Helden sein, aber unbesiegbar sind sie dennoch, jedenfalls für Felix und seine Freunde. Die Katze um Gnade anzuflehen bringt offenbar auch nichts. Ihre einzige Chance besteht darin, irgendwie für das gegnerische Team nützlich zu sein …

»Moment!«, ruft er.

Die Katze wendet sich um und mustert ihn mit ihren unheimlichen grünen Augen.

»Was willst du?«

Felix schluckt. »Was … was, wenn es noch nicht zu Ende ist?«

Die grünen Augen werden schmaler. »Was meinst du damit?«

»Wir haben den Kristall für euch gefunden. Aber ihr seid noch nicht aus dem Tempel heraus. Was, wenn ein weiteres Rätsel kommt, das ihr nicht allein lösen könnt? Ihr könntet vielleicht unsere Hilfe gebrauchen.«

»Du willst denen auch noch helfen?«, fragt Bargel ungläubig.

Ein dunkles Kollern ertönt, aus dem sich nur schwer verständliche, lang gezogene Worte formen: »Wir … brauchen … keine … Hilfe … von … Losern.«

»Halt die Klappe, Steinklumpen«, sagt die Katze. »Was wir brauchen und was nicht, entscheide ich! Also schön, verschont das Dürrbein. Er scheint der Intelligenteste von ihnen zu sein und kann uns vielleicht noch nützlich sein. Aber tötet die anderen!«

»Nein!«, ruft Felix. »Entweder wir kommen alle mit oder ich helfe euch nicht!«

»Du denkst, du kannst hier Bedingungen stellen?«, zischt die Katze. »Strapaziere nicht meine Geduld!«

»Entweder alle oder keiner!«, wiederholt Felix.

»Wir können sie doch immer noch töten, wenn wir alle aus dem Tempel raus sind«, meint Schjk.

»Schnauze, du Idiot!«, zischt die Katze. »Wenn wir sie außerhalb des Tempels umbringen, erwischt uns doch der Schiedstöter! Hier im Game-Parcours gelten keine Regeln, aber draußen müssen wir uns wieder an die Gesetze der Galaktischen Föderation halten.«

»Aber wenn wir sie hier drin umbringen, kommen wir vielleicht niemals wieder raus!«

»Ich glaube, ich bringe dich am besten gleich mit um, du Memme! So ein Loser wie du hat im Team der Unbesiegbaren Helden nichts verloren!«

Der Geröllhaufen kollert zustimmend. Doch die Katze nimmt ihre Pfote von Thorax' Kehle. Der Dämon röchelt und schnappt keuchend nach Luft.

»Also gut, ihr geht voran!«, kommandiert die Katze. »Aber wehe, ihr versucht irgendwelche Tricks, dann werdet ihr es bereuen!«

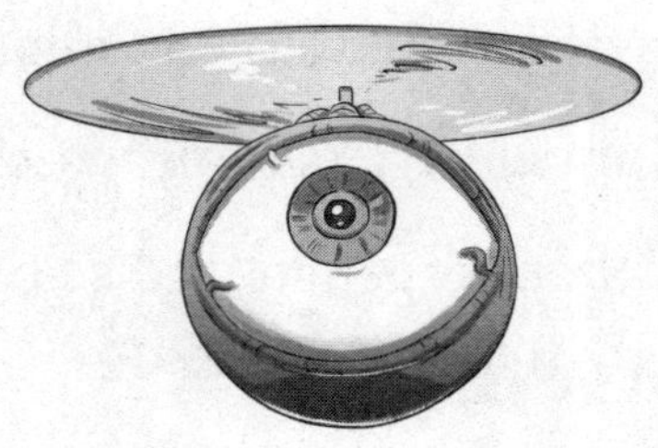

Der Endboss

Felix und Lysia betreten den finsteren Gang. Ihm ist nicht ganz klar, wie das Wesen neben ihm etwas wahrnehmen kann, obwohl es doch in seinem natürlichen Zustand weder Augen noch Ohren zu haben scheint. Jedenfalls kann sie offensichtlich auch im Dunkeln etwas sehen, während Felix wieder mal völlig blind hinterherstolpert.

»Geht's vielleicht ein bisschen schneller?«, meckert die Katze hinter ihnen. »Wenn wir in diesem Tempo weitermachen, sind die *Galactic Games* vorbei, bevor wir aus diesem von allen Göttern verlassenen Tempel herauskommen!«

»Willst du lieber vorgehen und selbst nach Fallen suchen?«, fragt Felix.

»Wenn du frech wirst, überlege ich mir noch mal, wie nützlich du wirklich für uns bist, Schwächling.«

Daraufhin schweigt Felix lieber.

Der Gang führt um zwei Ecken, dann ist in der Ferne ein schwacher rötlicher Lichtschein zu erkennen, der sich hin und her bewegt, so als ob ein Feuer flackert.

Als sie näher kommen, erkennt Felix, dass er sich getäuscht hat: Das Licht geht nicht von einem Feuer aus, sondern von einem Objekt, das in dem Raum vor ihnen durch die Luft schwirrt und eine Art Scheinwerfer auf den Boden richtet und ihn mal hierhin, mal dorthin schwenkt, als suche es etwas. Das rote Licht gleitet über eine Vielzahl seltsamer

Statuen aus grauem Stein, mit denen der große Raum gefüllt ist. Sie stellen offenbar Lebewesen in allen möglichen Formen und Größen dar. Felix sieht ein menschengroßes, insektenartiges Tier, eine Figur, die einem kniehohen Dinosaurier ähnelt, eine Art Hund mit sechs Beinen, eine Gestalt mit vier Köpfen und zahllose andere bizarre Formen.

»Vielleicht stellen diese Statuen die Götter dar, die von den Erbauern des Tempels verehrt wurden«, vermutet Bargel.

»Vielleicht«, stimmt ihm Felix zu. Doch der Anblick der steinernen Figuren bereitet ihm eine Gänsehaut.

»Warum bleibt ihr stehen?«, fragt die Katze.

»Ich glaube, dieser Raum ist eine weitere Prüfung«, meint Felix. »Es könnte gefährlich sein, ihn zu betreten.«

»Hey, du mit den hässlichen Tentakeln«, zischt die Katze. »Los, geh in den Raum!«

»Ich … ich traue mich nicht«, erwidert Bargel.

»Willst du, dass ich dich in Stücke reiße?«

»Schon gut, *ich* gehe«, sagt Lysia.

Ehe Felix sie daran hindern kann, gleitet sie in den Raum. Kaum hat sie die Schwelle überquert, schwirrt das fliegende Ding heran. Es sieht aus wie ein fliegender Augapfel: eine Kugel mit einem Loch auf einer Seite, aus dem das rote Licht scheint, und einer Art Propeller auf der Oberseite.

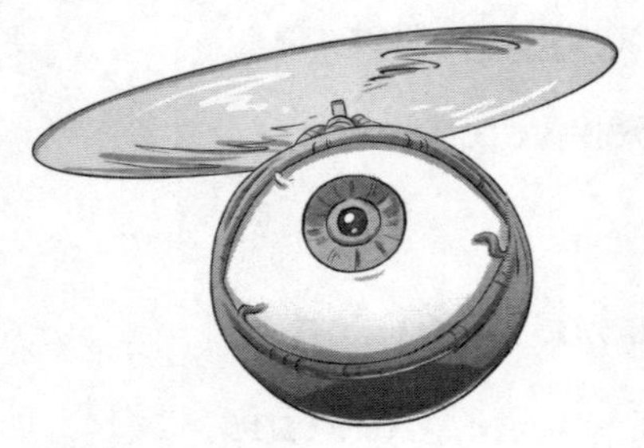

Als das Wesen seinen Lichtstrahl auf Lysia richtet, erstarrt sie. Entsetzt erkennt Felix, dass sie zu Stein geworden ist. Die grauen Statuen sind offenbar Wesen, die vor ihnen versucht haben, diesen Raum zu durchqueren!

»Sieh mal an, ihr seid ja wirklich zu etwas nütze«, meint die Katze. »Ihr könnt die Fallen ausprobieren und die Stärke des Gegners testen. Wie praktisch!«

»Aber wie sollen wir hier durchkommen, wenn das fliegende Auge mit seinem Blick jeden versteinert, Zyrra?«, fragt Schjk.

»Hespel, mach dich unsichtbar und durchquere den Raum, dann kehr wieder zurück!«, befiehlt das Katzenwesen namens Zyrra.

Das wandelnde Blatt verschwindet. Das fliegende Auge schwirrt hin und her und gleitet mit seinem roten Licht wie ein Suchscheinwerfer über die Statuen. Plötzlich erscheint ein graues Blatt mitten im Raum. Offenbar hat es Hespel nichts genützt, dass er sich unsichtbar machen kann.

»Verflucht!«, schimpft die Katze. »Unsichtbarkeit scheint nichts zu bringen. Du da mit den langen Beinen, du bist doch angeblich so schlau. Hast du eine Idee, wie wir auf die andere Seite kommen können?«

»Vielleicht schaffst du es, wenn du schnell genug bist, sodass das fliegende Auge dich nicht erwischt«, schlägt Felix vor.

»Du hältst mich wohl für blöd, was? Denkst du, ich renne einfach so in den Raum, lasse mich versteinern und ihr seid mich los? Ich gebe dir fünf Millizyklen. Wenn dir bis dahin nichts Besseres eingefallen ist, töte ich dich und deine Teamkameraden.«

Felix hat keine Ahnung, wie lang fünf Millizyklen sind, aber wahrscheinlich bleibt ihm nicht viel Zeit. Doch er hat keinen Schimmer, wie man auf die andere Seite des Raums gelangen kann, ohne versteinert zu werden. Das fliegende Auge scheint eine Art Endboss zu sein und der Anzahl der Wesen nach zu urteilen, die es bereits versteinert hat, ist es offenbar so gut wie unmöglich, es zu besiegen. Andererseits ist ein starker Endboss in einem Computerspiel zwar schwierig zu überwinden, doch es gibt immer einen Weg, sonst wäre das Spiel ja unlösbar.

Felix überlegt. Jedes Wesen hat irgendeine Schwachstelle. Nur welche?

Da kommt ihm der Zukunftsspiegel in den Sinn. Vielleicht kann er darin irgendeinen Hinweis finden. Er holt den Spiegel hervor, sieht hinein und erschrickt: Sein eigenes steingraues Gesicht blickt ihm entgegen, die Augen stumpf und leer. Auch als er Bargel, Thorax und Zyrra im Spiegel betrachtet, sind sie versteinert. Es scheint wirklich keine Möglichkeit zu geben, diesem Schicksal zu entgehen.

Doch dann erinnert er sich wieder, dass der Spiegel nur eine *mögliche* Zukunft zeigt: was passieren wird, wenn man sein Verhalten nicht ändert. Also bedeutet sein versteinertes Gesicht im Spiegel bloß, dass es so kommen wird, wenn ihm nichts anderes einfällt, aber nicht, dass es zwingend passieren muss. Es ist immer noch möglich, eine Lösung zu finden. Theoretisch jedenfalls.

»Noch zwei Millizyklen!«, drängt Zyrra.

Wenn man dieses blöde fliegende Auge nur irgendwie abschießen könnte! Doch sie haben keine Waffen.

Felix betrachtet den Spiegel. Vielleicht könnte er ihn als Wurfgeschoss verwenden? Oder ihn zerbrechen und eine Scherbe als Waffe nutzen? Aber bevor er sich dem fliegenden Auge auch nur nähern könnte, würde er bestimmt von den roten Lichtstrahlen getroffen und versteinert …

Natürlich! Das ist es! Warum ist er nicht gleich darauf gekommen?

Vorsichtig bewegt sich Felix auf den Eingang des Raums zu und tritt ein. Sofort schwirrt das fliegende Auge heran.

Als es seinen Versteinerungsstrahl auf ihn richten will, dreht Felix den Spiegel in seiner Hand so, dass das rote Licht auf das Auge zurückgeworfen wird.

Es gibt einen lauten Knall, als das fliegende Ding explodiert. Das rote Licht erlischt, dafür werden die Wände des Raums hell. Gleichzeitig nehmen die Statuen wieder ihre natürlichen Farben an und bewegen sich alle gleichzeitig. Lautes Stimmengewirr erklingt, als die von der Versteinerung erlösten Wesen sich verwundert umsehen.

»Was ist passiert?«, fragt Lysia.

»Du warst versteinert«, erklärt Felix. »Aber mir ist es gelungen, das fliegende Auge mithilfe des Spiegels mit seinem eigenen Versteinerungsstrahl zu treffen, und es ist explodiert. Anscheinend hat das den Zustand wieder rückgängig gemacht.«

»Du hast mich schon wieder gerettet!«, ruft sie aus. »Danke!«

»Der da ist unser Retter!«, erklingen mehrere andere Stimmen im Raum, gefolgt von Bravorufen und Geräuschen, die Felix für Jubelschreie hält.

»Jaja, ganz toll«, sagt Zyrra. »Jubeln könnt ihr später, wenn unser Sieg gefeiert wird. Los jetzt, weiter!«

»Moment mal, nicht so schnell!«, sagt Bargel.

»Was willst du denn, Tentakelknoten?«, zischt die Katze.

»Felix hat den Endboss besiegt. Ihm steht damit auch der Gesamtsieg zu. Gib ihm den Quantenkristall!«

»Ich soll *was*?« Blitzschnell verschwindet Zyrra, taucht direkt hinter Bargel auf und drückt ihm eine Kralle in den Hals. »Spinnst du?«

»Lass ihn sofort los!«, ruft Felix.

»Ich glaube, ihr braucht alle eine gehörige Lektion!«, faucht Zyrra.

Damit lässt sie Bargel los. Im nächsten Augenblick fühlt Felix, wie sich etwas von hinten um seinen Hals legt und ihm die Luft abdrückt.

Etwas Spitzes bohrt sich in seinen Hals. Er will vor Schmerzen aufschreien, doch kein Laut dringt aus seinem Mund. Er kann nicht einmal mehr atmen!

»Unbesiegbare Helden, zum Angriff!«, schreit die Katze. »Tötet sie!«

Ein vielstimmiges Raunen erklingt.

»Sie will unseren Retter töten!«, ruft ein Wesen, das aussieht wie ein großer grünblauer Gummiball. »Wir müssen ihm helfen! Los, auf sie!«

Dutzende Wesen stürzen sich von allen Seiten auf Zyrra. Felix spürt, wie sich der Griff um seinen Hals lockert, als die Katze versucht, sich gegen die Angreifer zu wehren. Keuchend holt er Luft, macht einen Schritt nach vorn und dreht sich um.

Zyrra ist unter dem Knäuel verschiedenster Wesen, die sich auf sie geworfen haben, kaum zu erkennen. Sie strampelt wie wild und schlägt mit ihren scharfen Krallen um sich, doch gegen diese Übermacht hat sie keine Chance. Ein Wesen, das aussieht wie ein Tintenfisch auf Beinen, umklammert sie mit mehreren Fangarmen von hinten, bis sie sich nicht mehr rühren kann.

»Schjk, Hespel, Grombollo, helft mir!«, kreischt die Katze. »Tötet sie! Tötet sie alle!«

Doch die anderen Mitglieder der Unbesiegbaren Helden rühren sich nicht von der Stelle.

»Ich finde, es reicht jetzt!«, meint Schjk. »Man muss auch mal verlieren können.«

Der Geröllhaufen gibt ein zustimmendes Knurren von sich.

»Niemals!«, kreischt Zyrra. Sie bäumt sich auf, kann sich jedoch nicht befreien. »Wir sind die Unbesiegbaren Helden! Wir siegen immer!«

»Soll ich sie töten?«, fragt eines der Wesen, die zuvor versteinert waren – eine Art Pferd mit einem

Kopf vorne und hinten, aus dem jeweils ein Elefantenrüssel herausragt.

»Nein«, sagt Felix. »Niemand sollte bei den *Galactic Games* sterben.«

»Aber das geht nicht!«, widerspricht Bargel. »Ein Team muss doch gewinnen!«

»Dann sind wir eben alle zusammen ein Team«, beschließt Felix. »Ihr alle seid herzlich eingeladen, euch dem Team Tentakelfaust anzuschließen!«

»Hey, Moment mal ...«, beginnt Bargel, doch sein Einwand wird vom Jubel der anderen übertönt.

»Es lebe unser Retter!«, rufen die Wesen. »Es lebe Team Tentakelfaust!«

Gewinner und Verlierer

Felix und Lysia gehen voran, während ihnen die geretteten Aliens folgen. Mehrere von ihnen halten Zyrra fest, die sich wie wild wehrt. Auf der anderen Seite des Raums führt der Gang steil nach oben. Bald sehen sie Licht am Ende des Tunnels. Als sie ans Tageslicht treten, stehen sie wieder vor dem Tempel. Neben der Statue mit dem Kristall ragt die riesige metallene Säule des Schiedstöters auf.

»Habt ihr den Quantenkristall gefunden?«, donnert seine Stimme über die Lichtung.

»Hier ist er«, sagt Felix und hält den schwarzen Kristall hoch, den sie Zyrra abgenommen haben.

Ein Laserstrahl schießt aus dem glühenden Auge des Schiedstöters und tastet Felix ab. Dann schwebt der Kristall empor, als würde er von einer unsichtbaren Hand gepackt, und verschwindet in einer Klappe oben in der Säule. Auch der Zukunftsspiegel fliegt wie von selbst aus Felix' Hosentasche und davon.

»Identität bestätigt«, donnert die Säule. »**Bin-FelixFelix KrümelichmeineähKrume Vondererde** hat den Quantenkristall gefunden und die Aufgabe erfüllt. Team Tentakelfaust hat Runde 42.898 der *Galactic Games* gewonnen.«

»Nein!«, kreischt Zyrra. »Nein, das ist unfair! Wir sind die Unbesiegbaren Helden! Wir gewinnen immer!«

Doch der Schiedstöter beachtet sie gar nicht.

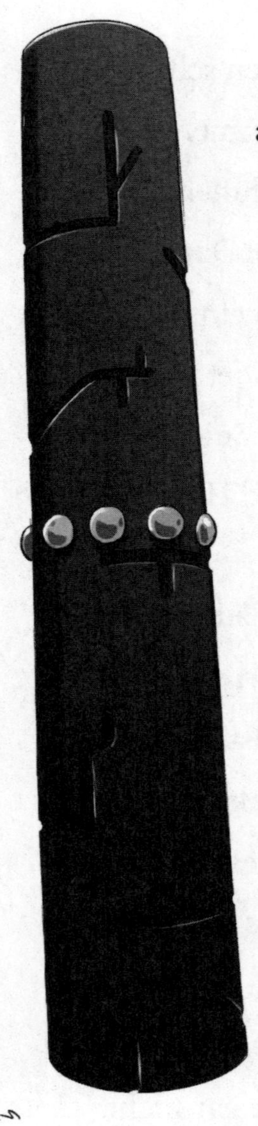

»Ich weise darauf hin, dass alle anderen Wesen, die hier versammelt sind, Teil des Teams Tentakelfaust geworden sind«, sagt Felix. »Wir haben also alle gemeinsam gewonnen.«

Die anderen Aliens jubeln, werden jedoch von der Stimme der metallenen Säule unterbrochen.

»Aussage nicht bestätigt. Das ist gegen die Spielregeln. Wer zu welchem Team gehört, wird zu Beginn jeder Spielrunde festgelegt und kann danach nicht mehr geändert werden. Wo kämen wir denn da hin? Da könnte ja jeder kommen!«

Der Jubel um ihn herum erstirbt. Felix' Magen verkrampft sich.

»Nein!«, ruft er. »Es darf nicht sein, dass all diese Wesen sterben müssen und ihre Planeten zerstört werden, bloß weil sie dieses alberne Spiel nicht gewonnen haben!«

»Wie kommst du denn auf so eine barbarische Idee?«, fragt der Schiedstöter. »Das Zerstören eines Planeten oder gar das Auslöschen einer ganzen Spezies wäre ein galaktisches Kapitalverbrechen. Zum Glück ist dies in den letzten 30 Megazyklen nicht mehr passiert.«

»Aber … aber …« Felix sieht Bargel an. »Aber du hast doch gesagt …«

»Äh, nun ja, ich habe da vielleicht ein ganz kleines bisschen übertrieben«, gesteht Bargel. »Ich … ich war in Eile und hatte keine Zeit, lange mit dir herumzudiskutieren, und wir brauchten dringend einen vierten Spieler. Du … du bist mir doch nicht etwa … böse deswegen?«

Felix denkt daran, wie das Tentakelschwein plötzlich in seinem Zimmer stand und welche Angst er hatte, als es behauptete, das Schicksal der ganzen Erde stünde auf dem Spiel. Eigentlich sollte er jetzt wohl sauer auf Bargel sein. Doch stattdessen ist er einfach nur erleichtert und froh darüber, dass sie alle Gefahren überstanden und sogar das Spiel gewonnen haben.

Er grinst. »Schon okay. Ohne diese Lüge wäre ich wohl im Bett geblieben und hätte das aufregendste Abenteuer meines Lebens verpasst!«

»Wir … wir haben gewonnen!«, ruft Thorax. »Ich kann es immer noch nicht glauben. Wir haben wirklich gewonnen! Gegen die Unbesiegbaren Helden! Es lebe Team Tentakelfaust!«

Er flattert empor, landet neben Felix und

umarmt ihn. »Und ich dachte, du wärst bloß Ballast«, sagt er. »Verzeih mir bitte!«

Felix erwidert die Umarmung unsicher. »Schon gut.«

Jetzt legen auch Lysia und Bargel ihre Arme um Felix und drücken ihn, bis er kaum noch Luft bekommt.

»Es lebe Team Tentakelfaust!«, ruft der blaugrüne Gummiball.

Die anderen Wesen stimmen in den Jubel ein. Nur Zyrra kreischt wütend: »Nein! Nein, das darf nicht wahr sein!«

»Jetzt müssen wir wohl alle in unsere Heimatwelten zurückkehren«, meint Lysia, als sie sich schließlich von Felix löst.

Ihm wird auf einmal flau im Bauch. »Werden … werden wir uns wiedersehen?«

»Klar sehen wir uns wieder«, antwortet Bargel. »Die nächste Spielrunde ist in acht Zyklen. Du bist jetzt ein fester Bestandteil von Team Tentakelfaust. Wir zählen auf dich!«

Er macht eine Bewegung mit einem seiner Tentakel und plötzlich erscheint eine dunkle Öffnung in der Luft.

Felix schluckt. »Ist das … der Weg zurück in meine Welt?«

»Ja«, sagt Bargel. »Übrigens, in deiner Heimatwelt ist keine Zeit vergangen, während du hier warst. Du wirst wieder in dem Raum sein, in dem ich dich abgeholt habe, nur einen Millizyklus später.«

»Wie … wie ist das möglich?«, fragt Felix.

»Das erkläre ich dir ein andermal«, antwortet Bargel bloß, doch Felix hat den Verdacht, dass er es selbst nicht weiß.

Er umarmt die anderen Teammitglieder noch einmal zum Abschied, dann tritt er durch die dunkle Öffnung in der Luft, die sich sofort hinter ihm schließt. Augenblicklich findet er sich in seinem Zimmer wieder. Die Nachttischlampe brennt immer noch. Der Wecker zeigt 2:12 Uhr. Es scheint tatsächlich keine Zeit vergangen zu sein, seit Bargel hier aufgetaucht ist, obwohl es Felix vorkommt, als sei es eine Ewigkeit her.

Als er sich ausziehen will, bemerkt er das goldene Stirnband, das er immer noch um den Kopf trägt. Der Kommunikator! Er nimmt ihn ab und stopft das Stoffband in seine Hosentasche, bevor er die Jeans abstreift, sich ins Bett legt und das Licht löscht.

Es dauert lange, bis die Aufregung der gefährlichen Suche nach dem Quantenkristall abebbt und er zur Ruhe kommt. Doch irgendwann schläft er schließlich ein.

Ausgeträumt

Jemand rüttelt Felix an der Schulter.

»Felix, aufwachen!«

»Bargel?«, murmelt er schlaftrunken. »Lysia? Thorax?«

»Wie bitte?«

Felix blickt in die besorgten Augen seiner Mutter, die sich über ihn beugt. »Geht es dir nicht gut?«, fragt sie. »Du verschläfst doch sonst nie.«

Erst jetzt merkt Felix, dass der Radiowecker schon die ganze Zeit laut plärrt.

»Äh, schon gut, ich habe … bloß geträumt.«

Er setzt sich auf und schaut sich in seinem Zimmer um, als sei er zum ersten Mal hier. Alles ist so wie immer: die Poster von Mangafiguren an den Wänden, die Regale voller Science-Fiction-Bücher, die Kiste mit dem alten Spielzeug, seine Spielkonsole, die Stapel von Videospielen. Das alles kommt ihm auf einmal so langweilig vor, so … unbedeutend.

War er wirklich in der Nacht auf einem fremden Planeten und hat mit Aliens einen Quantenkristall aus einem uralten Tempel geholt?

Nein, natürlich nicht. Allein die Vorstellung ist lächerlich. Es war nur ein Traum, wenn auch ein ziemlich realistischer. Wie könnte es anders sein?

Eigentlich sollte er erleichtert darüber sein.

Immerhin war es ein Albtraum, noch dazu ein ziemlich verrückter. Doch Felix empfindet stattdessen Enttäuschung. Es hat sich so gut angefühlt, einmal ein Held zu sein und nicht bloß ein Loser.

Aber Träume sind nun mal nur Träume und jetzt hat ihn die harte, trübe Realität wieder.

Da er verschlafen hat, muss er sich beeilen, um noch rechtzeitig zum Unterricht zu erscheinen. Als er schließlich das Schulgelände betritt, ist auch der letzte Rest des Heldengefühls verschwunden, das er nach dem Aufwachen noch empfunden hat. Immerhin: Weil er etwas zu spät kommt, ist der fiese Mike bereits in der Klasse und kann sich nicht schon vor dem Unterricht über ihn lustig machen. Doch der Schultag ist noch lang.

In der großen Pause traut er sich kaum aus dem Klassenraum, nimmt aber schließlich doch seinen Mut zusammen und geht hinaus auf den Schulhof.

Draußen hält er Ausschau nach dem fiesen Mike und seinen Begleitern, um ihnen aus dem Weg zu gehen. Da entdeckt er sie in einer Ecke – zusammen mit Dilara! Offenbar hat der fiese Mike sie als sein neues Opfer ausgewählt.

Eigentlich könnte Felix erleichtert sein, dass sein Erzfeind mal jemand anderen ärgert. Doch stattdessen steigt Zorn in ihm auf. Warum muss sich dieser Typ immer die Schwachen aussuchen, die Neuen, die am dringendsten Hilfe und Unterstützung bräuchten?

»Sieh mal an, da ist ja wieder das Warzenschwein, das aus dem Zoo ausgebrochen ist!«, höhnt Mike, als Felix näher kommt. »Kann nicht mal jemand einen Tierpfleger rufen?«

Dilara steht mit dem Rücken zum Zaun, der den Pausenhof umschließt. Ihre Augen sind glasig und sie blinzelt, so als kämpfe sie verzweifelt gegen Tränen an, doch sie lächelt, als sie Felix sieht.

»Lass Lysi… ich meine, Dilara in Ruhe!«, sagt Felix.

Der fiese Mike lacht laut auf. »Oho! Habt ihr das gehört? Krümel will, dass wir die Neue in Ruhe lassen! Du magst sie wohl, was? Na, ihr beide passt ja auch prima zusammen: eine Kameltreiberin und ein Warzenschwein. Hahaha! Willst du vielleicht wieder mit mir rückwärts um die Wette laufen? Ach übrigens, hast du meine Strafarbeit fertig?«

Felix spürt, wie er rot wird. Er weiß bloß nicht genau, ob vor Scham oder Wut.

»Ja, hab ich«, sagt er.

»Her damit!«

»Sie ist in meiner Schultasche in der Klasse.«

»Dann geh und bring sie her oder du wirst es bereuen – und deine Kameltreiberfreundin auch!«

Mit steifen Schritten marschiert Felix zum Klassenraum. Seine Finger zittern vor Zorn, als er den

Ranzen öffnet und die Seiten mit den hundert Sätzen hervorholt. Er hat sich lange genug quälen und ausnutzen lassen! Jetzt ist Schluss damit!

Als er zurückkehrt, streckt der fiese Mike die Hand aus. Doch statt die Blätter zu übergeben, zerreißt Felix sie vor Mikes Augen und lässt die Fetzen zu Boden fallen.

»Da hast du sie!«, sagt er. »Und glaub bloß nicht, dass ich jemals wieder deine Drecksarbeit mache!«

Mike starrt ihn so verblüfft an, dass er für einen Moment vergisst, wütend zu werden. Doch dann verengen sich seine Augen.

»Das wirst du bereuen!«, zischt er.

Felix wird auf einmal bewusst, dass er sich in eine ziemlich dumme Lage gebracht hat. Indem er ihn so provoziert hat, hat er dem fiesen Mike einen hervorragenden Grund geliefert, ihn zu verprügeln. Was ist bloß in ihn gefahren? Das hier ist doch kein Traum!

Mike stößt einen Wutschrei aus und will sich auf Felix stürzen, aber der springt zur Seite und rennt los. Verfolgt von dem vor Zorn schnaubenden Mike und seinen johlenden Begleitern flieht er quer über den Pausenhof. Im Schulgebäude wäre er in Sicherheit. Mike würde es nicht wagen, ihn vor den Augen der Lehrer zu verprügeln. Doch der ahnt, was Felix vorhat, und schneidet ihm den Weg ab. Ihm bleibt nichts anderes übrig, als in die andere Richtung zu fliehen, zur Turnhalle.

Neben der Halle ist ein Geräteschuppen. Dahinter liegt ein kleines, verwildertes Stück Rasen, wo

Unkraut und niedrige Büsche wuchern. Hier hat sich Felix schon oft in der Pause versteckt, wenn er dem fiesen Mike ausweichen wollte, und so rennt er instinktiv dorthin.

Sein Versteck hat allerdings einen entscheidenden Nachteil: Es gibt keinen Ausweg. Links ist der Geräteschuppen, vorne und rechts blockiert ein hoher Maschendrahtzaun den Weg. Schlimmer noch, dieser Ort ist so abgelegen, dass kein Lehrer in der Nähe ist, der seine Hilferufe hören könnte.

Als Felix begreift, dass er einen dummen Fehler gemacht hat, ist es bereits zu spät.

»Jetzt bist du dran, Krümel!«, sagt Mike. Sein Gesicht ist rot vor Wut, seine Fäuste sind geballt.

Voller Angst starrt Felix seinen Gegner an. Er greift in seine Hosentasche in der Hoffnung, darin etwas Geld zu finden, das er Mike anbieten könnte, um ihn milde zu stimmen. Erst als er die Hand bereits in der Tasche hat, fällt ihm ein, dass Mike ihm bereits gestern all sein Geld abgeknöpft hat.

Doch da spürt er etwas Weiches. Seltsam, da ist ein Stück Stoff in seiner Hosentasche. Woher kommt das auf einmal?

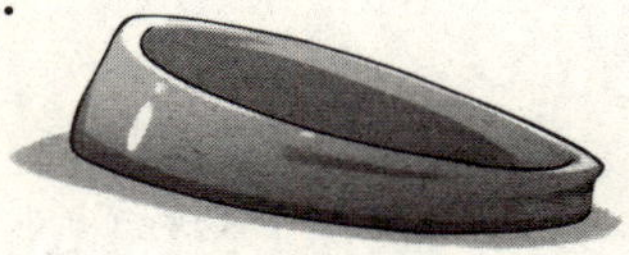

Er zieht es heraus und starrt es ungläubig an. Das … das kann doch nicht sein!

Mike, der gerade im Begriff war, sich auf Felix zu stürzen, grinst gehässig.

»Hey, guckt mal, Leute, was Krümel in der Tasche hat!«, ruft er. »Ein goldenes Stirnband! Ein Stirnband für Mädchen!«

Felix legt das goldene Band um seine Stirn, was lautes Gelächter und »Mädchen, Mädchen!«-Rufe von Mike und seinen Anhängern zur Folge hat.

Er ignoriert die fiesen Sprüche der anderen Schüler. »Team Tentakelfaust, hört ihr mich?«, sagt er. »Ich könnte hier mal etwas Hilfe gebrauchen!«

»Los, Mike, mach ihn fertig!«, ruft ein schmächtiger Junge, der Mikes treuester Unterstützer zu sein scheint. Vielleicht ist das für ihn die einzige Möglichkeit, nicht selbst zum Opfer zu werden.

Mike fällt offenbar wieder ein, was Felix mit seiner Strafarbeit angestellt hat. Sein Gesicht verfinstert sich. »Ich mach dich …«, brüllt er.

Doch dann reißt er plötzlich Augen und Mund auf. »Wwwwas … wwwie …?«, stottert er, während seine Begleiter entsetzt aufschreien.

»Hast du ein Problem, Felix?«, erklingt eine vertraute Stimme hinter ihm.

Er dreht sich um. Neben einem geöffneten Quantenportal stehen Bargel, Thorax und Lysia, die wieder ihre natürliche Form angenommen hat.

Felix wendet sich dem fiesen Mike zu. »Darf ich vorstellen? Das sind meine Freunde Bargel, Thorax und Lysia. Wir vier sind das Team Tentakelfaust.

Wenn du mich verprügeln willst, dann musst du es mit uns allen aufnehmen!«

Mikes Begleiter schreien vor Angst und nehmen Reißaus, während der fiese Mike immer noch kreidebleich und wie gelähmt dasteht und stottert: »Bbbbibitte … tttut mmmir nnnichts …«

»Lass Dilara in Ruhe«, sagt Felix. »Und hör damit auf, andere Schüler zu ärgern. Sonst kriegst du es mit Team Tentakelfaust zu tun. Kapiert?«

Mike nickt bloß. Dann dreht er sich um und rennt schreiend davon.

»Mir scheint, dein Problem hat sich von selbst erledigt«, meint Bargel.

»Danke für eure Hilfe«, sagt Felix. »Das war Rettung in letzter Sekunde!«

»Das ist doch selbstverständlich«, erwidert Bargel. »Du kannst jederzeit auf uns zählen. Schließlich sind wir ein Team. Es lebe Team Tentakelfaust!«

Felix, Lysia und Thorax stimmen in den Ruf ein. Dann umarmen sie sich und Felix bedankt sich noch einmal, bevor die drei wieder durch das Quantenportal verschwinden.

Als er auf den Schulhof zurückkehrt, ist die Pause gerade zu Ende. Mike und seine Freunde sind nirgends zu sehen. Dafür trifft Felix Dilara, als sie gerade ins Schulgebäude geht.

»Was ist denn auf einmal mit Mike und den anderen Fieslingen los?«, fragt sie. »Erst rennen sie hinter dir her, um dich zu verprügeln, und dann kommen sie plötzlich heulend zurück und schreien irgendwas von Monstern in der Schule.«

»Keine Ahnung«, behauptet Felix. »Ich hab mich bloß hinter dem Geräteschuppen versteckt.«

Dilara sieht aus, als glaube sie ihm nicht so recht, doch ihr bleibt keine Zeit mehr, weiter nachzubohren, denn sie müssen beide in ihre Klassen zurück.

»Jedenfalls danke für deine Hilfe!«, sagt Dilara zum Abschied und lächelt.

»Gern geschehen«, erwidert Felix.

»Ach übrigens, hübsches Stirnband. Aber vielleicht solltest du es abnehmen, bevor du wieder in den Unterricht gehst.«

Felix nimmt den Kommunikator ab und betrachtet ihn einen Moment lang nachdenklich. Dann steckt er das Stirnband in die Hosentasche und betritt mit einem Lächeln auf den Lippen den Klassenraum.

Karl Olsberg promovierte über künstliche Intelligenz, war Unternehmensberater, Manager bei einem Fernsehsender und gründete mehrere Start-ups, darunter Papego, das die gleichnamige App zum mobilen Weiterlesen gedruckter Bücher entwickelt hat. 2007 erschien sein erster Roman *Das System*, der es auf Anhieb auf die Spiegel-Bestsellerliste schaffte. Seitdem schreibt er nicht nur erfolgreich Romane für Erwachsene, sondern auch für Jugendliche und Kinder. Der Thriller *Boy in a White Room* wurde für den Deutschen Jugendliteraturpreis nominiert. Der Autor lebt mit seiner Familie in Hamburg.

Kaja Reinki ist eine 28-jährige Illustratorin und lebt mit ihren beiden Katzen in Berlin. Nach dem Abitur begann sie das Kommunikationsdesign-Studium, um nach dem Grundstudium in eine Ausbildung der klassischen Illustration und Malerei zu wechseln. Schon während ihres Studiums begann sie, an Browsergames und Comics zu arbeiten. Aktuell arbeitet sie an Kinderbüchern und Jugendcomics. In ihrer Freizeit schlägt ihr Herz fürs Handwerken: egal ob genäht, geklebt oder geformt.

Ron Lipkowski wurde 1989 in Schwerin geboren und besteht immer noch darauf, Schweriner zu sein, obwohl er bereits seit 2010 in Berlin lebt. Hier studierte er Kommunikationsdesign, weil er dachte, dass dieses Studium viel mit Zeichnen zu tun hat. Schon im Grundschulalter war es sein Wunsch, Comiczeichner zu werden. Heute arbeitet er hauptsächlich als Concept Artist, Storyboarder, Kinderbuchillustrator und tatsächlich auch als Comiczeichner.